共和国故事

妇女新生

——中华人民共和国婚姻法颁布

李静轩 编写

吉林出版集团股份有限公司

图书在版编目（CIP）数据

妇女新生：中华人民共和国婚姻法颁布/李静轩编. ——

长春：吉林出版集团股份有限公司，2009.12

（共和国故事）

ISBN 978-7-5463-1737-3

Ⅰ．①妇… Ⅱ．①李… Ⅲ．①纪实文学－中国－当代 Ⅳ．①I25

中国版本图书馆 CIP 数据核字（2009）第 237362 号

妇女新生——中华人民共和国婚姻法颁布

FUNÜ XINSHENG　　ZHONGHUA RENMIN GONGHEGUO HUNYINFA BANBU

编写　李静轩

责任编辑　祖航　息望　林琳

出版发行　吉林出版集团股份有限公司

印刷　三河市嵩川印刷有限公司

版次　2010 年 1 月第 1 版　　　2022 年 1 月第 11 次印刷

开本　710mm×1000mm　1/16　　　印张　8　字数　69 千

书号　ISBN 978-7-5463-1737-3　　　定价　29.80 元

社址　吉林省长春市福祉大路 5788 号

电话　0431－81629968

电子邮箱　tuzi8818@126.com

前　言

自 1949 年 10 月 1 日中华人民共和国成立至今,新中国已走过了 60 年的风雨历程。历史是一面镜子,我们可以从多视角、多侧面对其进行解读。然而有一点是可以肯定的,那就是,半个多世纪以来,在中国共产党的领导下,中国的政治、经济、军事、外交、文化、教育、科技、社会、民生等领域,都发生了深刻的变化,中国人民站起来了,中华民族已屹立于世界民族之林。

60 年是短暂的,但这 60 年带给中国的却是极不平凡的。60 年的神州大地经历了沧桑巨变。从开国大典到 60 年国庆盛典,从经济战线上的三大战役到经济总量居世界第三位,从对农业、手工业、资本主义工商业的三大改造到社会主义市场经济体制的基本确立,从宜将剩勇追穷寇到建立了强大的国防军,从废除一切不平等条约到独立自主的和平外交政策,从"双百"方针到体制改革后的文化事业欣欣向荣,从扫除文盲到实施科教兴国战略建设新型国家,从翻身解放到实现小康社会,凡此种种,中国人民在每个领域无不留下发展的足迹,写就不朽的诗篇。

60 年的时间在历史的长河中可谓沧海一粟。其间究竟发生了些什么,怎样发生的,过程怎样,结果如何,却非人人都清楚知道的。对此,亲身经历者或可鲜活如昨,但对后来者来说却可能只是一个概念,对某段历史的记忆影像或不存在,或是模糊的。基于此,为了让年轻人,特别是青少年永远铭记共和国这段不朽的历史,我们推出了这套《共和国故事》。

《共和国故事》虽为故事,但却与戏说无关,我们不过是想借助通俗、富于感染力的文字记录这段历史。在丛书的谋篇布局上,我们尽量选取各个时代具有代表性或深具普遍意义的若干事件加以叙述,使其能反映共和国发展的全景和脉络。为了使题目的设置不至于因大而空,我们着眼于每一重大历史事件的缘起、过程、结局、时间、地点、人物等,抓住点滴和些许小事,力求通透。

历史是复杂的,事态的发展因素也是多方面的。由于叙述者的视角、文化构成不同,对事件的认知或有不足,但这不会影响我们对整个历史事件的判断和思考,至于它能否清晰地表达出我们编辑这套书的本意,那只能交给读者去评判了。

这套丛书可谓是一部书写红色记忆的读物,它对于了解共和国的历史、中国共产党的英明领导和中国人民的伟大实践都是不可或缺的。同时,这套丛书又是一套普及性读物,既针对重点阅读人群,也适宜在全民中推广。相信它必将在我国开展的全民阅读活动中发挥大的作用,成为装备中小学图书馆、农家书屋、社区书屋、机关及企事业单位职工图书室、连队图书室等的重点选择对象。

编　者
2010 年 1 月

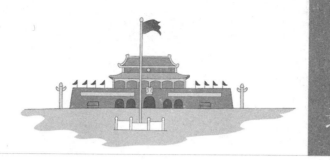

一、《婚姻法》颁布

● 毛泽东就颁布《婚姻法》发布中央人民政府主席令：中央人民政府委员会第七次会议通过的《中华人民共和国婚姻法》，应自 1950 年 5 月 1 日起公布施行。

● 北京市人民法院院长王斐然说："随着新《婚姻法》的颁布，解除了妇女们思想上的束缚，将要产生新型的女性。"

● 北京市总工会副主席萧明说："美满的家庭生活是会鼓舞生产热情、提高生产积极性的，我们工人同志将用实际行动来拥护它。"

毛泽东发布主席令实施《婚姻法》

1950 年 4 月 30 日，毛泽东就颁布《婚姻法》发布中央人民政府主席令：

中央人民政府关于公布施行
《中华人民共和国婚姻法》的命令

  中央人民政府委员会第七次会议通过的《中华人民共和国婚姻法》，应自 1950 年 5 月 1 日起公布施行。自公布之日起，所有以前各解放区颁布的有关婚姻问题的一切暂行的婚姻条例和法令均予废止。

  此令。

主席　毛泽东

1950 年 4 月 30 日

  《婚姻法》是于 1950 年 3 月 3 日政务院第二十二次政务会议通过，并于 1950 年 4 月 13 日中央人民政府委员会第七次会议通过的。

  《婚姻法》主要内容为：

…………

废除包办强迫、男尊女卑、漠视子女利益的封建主义婚姻制度。实行男女婚姻自由、一夫一妻、男女权利平等、保护妇女和子女合法权益的新民主主义婚姻制度。

禁止重婚、纳妾。禁止童养媳。禁止干涉寡妇婚姻自由。禁止任何人借婚姻关系问题索取财物。

…………

结婚须男女双方本人完全自愿，不许任何一方对他方加以强迫或任何第三者加以干涉。

…………

男 20 岁，女 18 岁，始得结婚。

…………

凡因干涉婚姻自由而引起被干涉者的死亡或伤害者，干涉者一律应并负刑事的责任。

在少数民族聚居的地区，大行政区人民政府（或军政委员会）或省人民政府得依据当地少数民族婚姻问题的具体情况，对本法制定某些变通的或补充的规定，提请政务院批准施行。

这是新中国颁布的第一部法律。

这部《中华人民共和国婚姻法》第一次用法律的形

式赋予妇女婚姻自主的权利，规定了男女平等，它是新中国妇女解放道路上的第一道曙光。

《婚姻法》一颁布，引起了很大的社会反响，据当时的报纸报道说：

> 北京刘娘府村有位老太太，在《婚姻法》公布以前，她不让姑娘知道，给姑娘找了一家有土地、有大车、有骆驼的人家。老太太听了《婚姻法》讲解后说，"还是这样好。找个同脾气的女婿，姑娘不受气，当妈的也放心。"

据离休干部赵锐捷回忆，1950年的《婚姻法》颁布实施后，当时有这样一个非常感人的故事。

那是1951年3月的一天，河南省妇女干部学校大门外，一位身着粗布衣裳，面容憔悴的女子犹豫了很久，才挪着小步怯生生地走进校门。这个20多岁的农妇神情凄苦，是来找她的妹妹赵锐捷的。在姐妹俩对视的一刹那，那位农妇再也无法克制自己的情绪，扑进妹妹怀里失声痛哭起来。

赵锐捷回忆说：

> 我也哭了，紧紧搂住姐姐，心酸得很。姐姐尽管比我大了10岁，但比我瘦弱得多。

当年姐妹相见的那一幕，深深地刻进了赵锐捷老人的脑海中。后来回忆起往事，赵锐捷依然欷歔不已。

赵锐捷出生在商丘虞城县一个贫苦农家。1950年3月，17岁的赵锐捷进入河南省第一期妇女干部学校学习班，毕业后留校工作。

她在回忆时说：

来找我的是我二姐，她生性老实，啥事都顺从父母，很小的时候就和外村一个地主的儿子定了亲，结婚后日子过得很苦。

二姐夫家封建规矩特别多，儿媳妇必须遵循"三从四德"，任由丈夫打骂，绝不能反抗。婚后不久，二姐身上就伤痕累累。

1950年年初，二姐夫独自离家出走，此后没有任何消息。可怜的二姐一人操持家务，还要忍受公婆无端的责怪。她受不了虐待，几次上吊寻死未遂。

半年后，村里开始宣传《婚姻法》，听说允许夫妻离婚，二姐偷偷跑到当时的河南省会开封，向我求助。

二姐的不幸遭遇，让我既同情又愤恨。我作为新时代的年轻女干部，决定用法律手段解除姐姐的痛苦。

虽说二姐对丈夫没感情，但毕竟她是有丈

夫的人，还养了个孩子，我也不知道怎么帮她。我的几个同事出主意，说看能否通过新闻媒体获得帮助。

于是，我带着二姐来到河南日报社，向他们诉说了二姐的遭遇。了解清楚政策后，我们在报纸上登出一则寻人启事，大意是：二姐的丈夫杳无音信，如果他在1年内仍不回家，婚姻关系视为自动脱离。

一年后，二姐夫仍未归。二姐高兴坏了，我跟她一道拿着报纸跑到乡里，顺利地开了离婚证明。依据《婚姻法》，二姐冲破了悲惨的婚姻牢笼。二姐夫家干生气也没用，而我家是非常高兴，特别是二姐更是露出了难得的笑容。父母再也不干涉二姐的婚事了。后来二姐再婚，生活十分幸福美满。

赵锐捷说："《中华人民共和国婚姻法》的颁布，使得结婚自由，离婚自愿。在当时的时代背景下，《婚姻法》完全否定了人们传统的男尊女卑的婚姻观念，特别是对受封建婚姻制度压迫的妇女来说，有了《婚姻法》做后盾，她们终于敢对丈夫说'不'了。"

《婚姻法》是保护人身权益的一部法律。中国妇女自新中国成立之后，在政治上、经济上、文化上、自身言行方面，都得到了空前的解放。

《婚姻法》的颁布，从根本上维护了中国妇女的权利，是 20 世纪以来世界上妇女自身最彻底的解放。新中国的广大妇女们，不但从没有人格、地位、情感的劳役中解放出来，而且可以参政，谈论国家大事，自由选择职业，自己决定自身的一切关乎命运的事情。

从这个方面说，这部《婚姻法》已经超出了一般法律的价值，具有伟大的时代意义。

《婚姻法》为新型婚姻奠定基础

1950 年 5 月 1 日公布的《中华人民共和国婚姻法》内容分为：原则、结婚、夫妻间的权利和义务、父母子女之间的关系、离婚、离婚后子女的抚养和教育、离婚后的财产和生活。它以调整婚姻关系为主，同时也涉及调整家庭关系的内容。

这些内容，奠定了新中国妇女新型婚姻的基础。

对于这部《婚姻法》产生的理论依据，还要从中国人民政治协商会议第一届全体会议说起。

那是 1949 年 9 月 21 日，庄严的中国人民政治协商会议第一届全体会议在北平隆重召开。

19 时，在北平的中南海怀仁堂门前，彩色的气球上悬挂着飘带，大门两侧飘扬着鲜艳的彩旗，玻璃灯和水银灯在会场之内交相辉映，把整个会堂点缀得非常庄严肃穆。

在主席台的上方，挂着巨大的标幅，标幅上写着：

中国人民政治协商会议第一届全体会议

在主席台杏红色的幕布上，悬挂着中国人民政治协商会议会徽。在会徽的下方，并排悬挂着孙中山和毛泽东的巨幅画像。在画像的两旁是中国人民解放军军旗。

9月22日，政协全体会议表决《中国人民政治协商会议共同纲领》，以下简称《共同纲领》，获得一致通过。

《共同纲领》对有关新中国的婚姻制度问题作出规定：

中华人民共和国废除束缚妇女的封建制度。妇女在政治的、经济的、文化教育的、社会生活的各方面，均有与男子平等的权利。

实行男女婚姻自由。

《共同纲领》有关"婚姻自由"和保护妇女权利的条款，为建立新型婚姻关系奠定了基础。

当时，这些条款还不够具体，缺乏系统明确的法律规定。

在新中国成立初期，封建主义的婚姻家庭制度还没有在全国范围内根除，不少地方依然执行着旧的婚姻制度。一些地方的群众和干部仍严重存在封建的婚姻传统和旧的封建恶习。

其主要表现为：

一是一夫多妻制、干涉婚姻自由、虐待妇女等事件经常发生。

如山西省平遥县赵秉盛之妻因提出与赵离婚，赵就用烧红的烙铁活活把妻子烫死。

河津、万泉等地，仅半年时间就有 29 个妇女被逼上吊、跳井而自尽。

凌川青年妇女李召孩，因不堪婆婆与丈夫的虐待，无奈之下只得一死了之。

据文水、太谷等县的统计，在发生的 24 起命案中，妇女被杀害的就有 14 起。

二是包办买卖的婚姻制度盛行。

这种婚姻制度实行"父母之命，媒妁之言"，要求"门当户对"，完全漠视男女双方的意愿，是不幸婚姻的根源。

在解放初期，包办买卖婚姻仍广泛流行于我国广大地区，在新解放的地区中甚至达到婚姻中的 90% 以上。

三是封建的婚姻传统与恶习严重地影响着一些地方的干部及群众的思想和行为。

在山西盂县西南沟有一个妇女提出离婚，被该村支部书记痛打了 40 板，以示惩罚。

在察哈尔省右玉县，司法科判了一件王四女与王德元离婚的案件，原因是王四女因提出与王德元离婚，被王德元用刀刺成重伤。

该县司法科竟在判决书中写道：

你既已婚 3 载，男子不好，你应好好规劝，你不该背祖德失名声，背着牛头不认赃，谁不恨自招之患！几乎送命；若非重伤，应坐同罪；

念你重伤，恕不治罪；望自反省。

可见，旧的封建主义的婚姻制度，不仅是家庭痛苦的一种根源，把占人口半数的大多数妇女投入被奴役的深渊，而且也严重地阻碍了社会的向前发展。如果不从根本上对旧的婚姻制度进行改革，必将严重地影响新中国的革命和建设事业。

建立新型的婚姻制度，是新社会的需要，也是广大劳动群众，特别是劳动妇女的强烈需要。所以，一部适应时代发展需要，反映人民要求的《婚姻法》就应运而生了。

当时有一本宣传《婚姻法》的小册子，记载了这么一个感人的故事：

李志茹是河北满城县二区贾家庄的青年妇女。土地改革后，她家翻了身，她参加了识字班，思想很进步。《婚姻法》公布以后，她高兴地说："旧社会婚姻不自由，现在对自己的婚姻可以自己做主，这多好啊！"

1951年正月里，李志茹开始与同村青年农民贾进才恋爱，双方都很满意，学习、生产也更上劲了。可是，李志茹的父亲李老辛思想很封建，一听说女儿要自由结婚，气得不得了，便跑去找村长说："无论如何不能批准他们结

婚，天下哪有这样不要脸的闺女，自己找婆家，他们真的结了婚，我还能见人吗?"他不听村长的劝告，又把儿子李完子从保定叫了回来，以便共同阻挠李志茹的婚姻自由。

李完子一进门，就骂李志茹，还磨刀吓唬她，说："你要与贾进才结婚，我非割了你的肉，把你活埋了不可!"

李老辛还把李志茹的姑姑接回来监视她，不许她与贾进才见面。同时，还忙着让媒人给李志茹找了个婆家，说定在 10 月 19 日结婚。

但是，李志茹明白政府的法令，决心要和封建家长斗争到底。

贾进才知道这个消息后，立即找村长和民兵队长商量，向县人民法院和妇联会控诉。

县法院院长赵景波和妇联主任高杰接到控诉书后，马上冒着大雨，赶到贾家庄。先了解了情况，鼓励李志茹的斗争精神，李志茹感动得流下眼泪。

她拉着妇联主任的手说："你们可来了! 有共产党、毛主席给我做主，有人民政府定的《婚姻法》，不论家庭怎么威胁我，我也不怕!"

赵院长、高主任及村干部又对李老辛进行了一番《婚姻法》教育，老人的思想终于转变过来了。

李志茹和贾进才结婚那天，全村的青年男女都参加了婚礼。

赵院长也赶来参加，并在会上宣讲了《婚姻法》。新婚夫妇介绍了恋爱经过。参加婚礼的乡亲们都说："还是自由结婚好，又热闹又省心！"

李志茹的父亲也说："当初我要知道自由婚姻这么好，说啥我也不会阻拦他们！"

《婚姻法》的公布实施，可以说解除了全国广大妇女的精神枷锁，广大妇女是打心眼里高兴，都十分认可新中国制定的这部法律。

《婚姻法》引起各界极大反响

1950 年 4 月 30 日，《中华人民共和国婚姻法》颁布后，引起了社会各界的极大反响。

北京市人民法院院长王斐然说：

> 随着新《婚姻法》的颁布，解除了妇女们思想上的束缚，将要产生新型的女性。

北京市总工会副主席萧明说：

> 美满的家庭生活是会鼓舞生产热情、提高生产积极性的，我们工人同志将用实际行动来拥护它。

北京市农会筹委会主席柴泽民说：

> 《婚姻法》公布后，我和农民们谈话，他们都很拥护。妇女更是特别地兴奋。它使农民家庭的美满生活更有保障了。

然而，在新中国成立之前，人们的婚姻生活，尤其是妇女的婚姻生活根本就谈不上"美满"，甚至有些妇女连最基本的人身自由都没有。

那时，一些家境稍好的家庭，为了能够让自己的儿子可以娶到媳妇，就先廉价地买下贫穷人家的女孩子，留在家中养着。等自己的儿子长大一些，便让他们"圆房"。这些童养媳刚到男方家中时，也才八九岁而已，童养媳悲惨的命运也就从此开始了。

新中国成立后就有这样的报道：

> 山西阳泉区石卜嘴村苏黑眼，有个外号叫"母蝎子"的人，她残酷地迫害14岁的童养媳胖妮子，寒冬腊月不给穿棉衣，两三天不给饭吃，常常让她的儿子荆拐子毒打童养媳。有一次，身穿单衣的胖妮子被荆拐子打成重伤后，又被关在冷冰房里冻了一夜，次日清晨，胖妮子口吐黄水死了。

在新中国的《婚姻法》实施后，虽然这样的故事开始渐渐减少，但在婚姻自由程度上，封建思想的残余还是存在着。

对此，青年团北京市委、市工委负责人说："婚姻问题在目前的青年中，还是一个很重要的问题，即便是在婚姻自由程度较大的青年学生中，也还有为封建婚姻所苦恼，或受着封建思想束缚的，《婚姻法》对于城市和农村的青年，都是同等重要的。"

曾有这样一个故事，讲述了年轻人对于婚姻自由的向往，同时与封建思想作斗争的过程：

当时，村子里刚刚搞完土地改革，马秀总是和自己一个非常要好的姑娘马云一起在地里干活，还一起去上夜校学习新知识。那时候，虽然是解放了，但大家伙的思想还特别的封建，男女青年之间根本就没有任何交往，更谈不上说话。由于马秀经常去马云家里，因此时常见到马云的哥哥马才。

一天，马云对马秀说："你岁数也不小了，应该是考虑嫁人的时候了。我哥马才人不错，我觉得你俩成一对倒是挺般配的。"

马秀说："哪有自己找对象的，多羞啊！"

马云说："都解放了，怕什么？现在又有了新《婚姻法》，《婚姻法》上可说了，青年人现在可以自己找对象了。"

当时，虽然《婚姻法》公布了，但农村青年人的婚姻，还都是由父母包办的。尽管马秀对马才的印象比较好，但还是怕她的父亲不同意，同时她又怕父亲给她包办一个不称心的对象，所以，就同意了马云的提议。

之后，马秀便告诉了她的父亲，说她已经

和马才自由恋爱了。她的父亲还没听完就急了，对她破口大骂，还打了她一顿。马秀觉得非常委屈，就一个劲儿地哭。

马秀的父亲见说不动自己的女儿，就拿出一把刀吓唬马秀说："你要敢跟马才结婚，我就用刀杀了你，也不能让你给我丢这个人。"

马秀气得没办法。

马秀的父亲赶忙托邻居大娘给马秀张罗个对象。很快，邻居大娘就给马秀找了一个婆家，而且还把结婚的日子也定好了。

这下可急坏了马秀和马云，她们在一起商量起来。马云曾上过几年学，有一些见识。她说："既然事情已经闹大，我们索性就去县里报告，有《婚姻法》呢，政府一定会支持我们的。"

马秀说："因为找对象，让大家都知道了，弄得满城风雨，多丢人啊！"

马云说："现在管不了那些了，终身大事要紧。"马云就写了一封信，让他哥马才到县里交给了一位领导。

过了几天，她们也没见到有任何消息，眼看就快到了马秀成婚的日子了，马秀急得不知如何才好？

县法院院长和妇联主任得知情况后，会同

几位村干部，一起来到马秀家。他们在问了一些情况之后，法院院长就对马秀说："你做得非常对！现在是新社会，刚刚颁布了《婚姻法》，男女青年完全有自由选择自己终身伴侣的权利，现在法律上规定是不准包办婚姻的，更不允许强行逼婚。"

接着妇联主任也对马秀说："你和马才是我们县农村青年中自由恋爱的典范，我们不仅要支持你们，而且还要大力宣传你们自由恋爱的事迹，让青年们都向你们学习！"

然后，县里的领导和妇联主任又对马秀的父亲进行了批评教育。村长对马秀的父亲说："马才那小伙子倒是挺不错的，你为什么硬要拆散人家呢？"

马秀的父亲说："马才是不错，但哪有女孩自己找婆家的，这不让街坊四邻笑话吗？"

妇联主任说："现在是新社会，你这些封建思想应该清除掉了，以后青年人的婚姻，都应该自由恋爱，由自己做主。"说着，妇联主任又拿出一本小册子，对马秀说："这是《婚姻法》，你们青年人要好好学习一下，然后带动家长们也一起学习。"

当天晚上，马秀和马云把村里的青年人召集在一块，给大家念《婚姻法》的内容，《婚姻法》的每一条让大家都觉得说到心坎上了。

渐渐地，马秀父亲的思想也转变了，把托人给马秀定下的婚事也退了，并且同意了马秀和马才的婚事。

过了不久，马秀和马才举行了婚礼，县里的有关领导也来参加，并且还送来了贺礼。婚礼喜宴上，大家都高兴得不得了。

由此可见，新中国成立后颁布的《婚姻法》确实是一件令人欢欣鼓舞的大事情。

对此，北京市妇联主任张晓梅说："新《婚姻法》是中国人民革命的成果，只有在毛主席的领导下才能产生这种进步的革命的《婚姻法》。我特别代表本市妇女感谢中央人民政府和毛主席。"

《婚姻法》颁布的伟大意义

1950 年 4 月 30 日，《中华人民共和国婚姻法》颁布后，产生了伟大意义，正如后来在《关于中华人民共和国婚姻法起草经过和起草理由的报告》中说：

作为半封建半殖民地的旧中国社会组成部分的旧婚姻制度，不但成了家庭痛苦的一种根源，而且成了社会生活的一条锁链；它不但把占人口半数的绝大多数的妇女投入奴隶生活的深渊，而且也使大多数男子遭受无穷的痛苦。它真正成了新生的社会肌体上已经衰败的细胞，阻碍着新社会健全有力的发展。

…………

为着新社会在政治上、经济上和文化上建设力量的增长，特别是为着解开一切束缚生产力发展的枷锁，随着全部社会制度的根本改变，必须把男男女女，尤其是妇女从旧婚姻制度这条锁链下也解放出来，并建立一个崭新的合乎新社会发展的婚姻制度。

新中国成立后颁布的《婚姻法》所产生的伟大意义，

可以从当时的一些媒体报道的事例中看出来。如：

> 北京南洋火柴厂刷鞋女工朱秀莲，今年21岁。为了婚姻自由，她曾与封建思想进行了三年的斗争，在工人们的帮助下，获得了胜利。
>
> 经同学介绍，朱秀莲与北京维生素工厂工人花庆林相识，交了朋友。
>
> 此前，维生素工厂副厂长要娶她做他的弟媳妇，她不愿意；有人介绍她嫁给国民党的空军军官当太太，她没答应。
>
> 街坊听说她找了个工人，都笑话她："放着有钱人不嫁，非看上个穷小子！"
>
> 朱秀莲说："花庆林人品好，又识字，我不识字，他可以帮助我。他穷，有什么关系？两人挣钱凑在一起，不就可以过日子了吗？"
>
> 他们准备结婚，花庆林没有钱雇花轿。朱秀莲的嫂子和街坊大妈都反对："乌七八糟结婚可不行，不坐花轿哪行？"还让朱秀莲向对方要彩礼。
>
> 她没有答应，婚期不得不推迟。这时候，赶上工厂关门，花庆林失业，他一个人回到保定老家。
>
> 北京一解放，花庆林又回来了。他们商量要学老解放区新式结婚。

结婚那天，工友们帮助布置结婚礼堂。区里的领导也来了好几个，还带来了大红花。

朱秀莲和花庆林只买了一些花生和糖果，大家说着笑着都很高兴。

嫂子和街坊大妈受到感染，也说："没想到新式结婚，这样热闹有意思！"

几千年前开始而至今在不少地方依然流行的中国旧婚姻制度，主要是野蛮落后的封建主义婚姻制度。

伴随着中国人民解放运动发展和新社会诞生过程而生长起来的新婚姻制度，则是进步的新民主主义婚姻制度。

前者的衰败和死亡，后者的兴起和发展，正如同全部半封建半殖民地社会经过革命让位于新民主主义社会一样，是必然的。

以教育和强制相结合的武器——法律，来加速旧的封建主义婚姻制度的没落和死亡，同时保护新的新民主主义婚姻制度的生长和发展，以利于建立新家庭和建设新社会事业的发展，特别是促进具有决定意义的社会生产力的发展。这就是《中华人民共和国婚姻法》草案的意义。

《婚姻法》的确加速了旧的封建主义婚姻制度的灭亡。对于这一点，我们仍然可以从当时一些媒体报道的歌谣中看出来。

那时，广大妇女都积极参加了村里的秧歌队，她们唱出了对于婚姻问题的歌儿：

地主娶我不心爱，

压迫七年"灰得太"（很不幸），

土地改革实在好，

跳出火坑真痛快！

村头有个王实贵，

人很勤劳又和气，

咱们商量起了意，

自由自愿配夫妻！

天上的云彩云套云，

咱们妇女翻了身，

不用金钱自由婚，

各人爱上了心上人！

　　从歌谣中可以看出，《婚姻法》砸碎了封建主义婚姻制度的压迫，使广大妇女真正从苦难与痛苦之中解脱出来，特别是有了《婚姻法》这样以法令形式固定下来的律条，更使广大妇女从此走上了新的人生大道。

《婚姻法》颁布

二、《婚姻法》起草

● 刘少奇说："新中国即将成立，我们这么大的一个国家，要有一部统一的《婚姻法》，现在时机已经成熟了，中共中央妇女运动委员会（简称"中央妇委"）现在就要组织力量起草新《婚姻法》，建立新民主主义的婚姻制度。"

罗琼谈《婚姻法》起草经过

对于新中国《婚姻法》的起草经过，《人民日报》海外版曾刊登了一封读者来信，称是毛泽东指定王明起草的。

而两个月后，《人民日报》的海外版又刊登了名为罗琼的读者来信，对王明起草的《婚姻法》提出了异议。

来信内容部分摘录如下：

本着对历史负责的态度，我作为原中央妇委委员、当时参与起草工作的成员之一，有责任将我国第一部《婚姻法》起草过程作出说明，以还历史本来面目。

…………

大约是在 1948 年秋冬，刘少奇同志在河北平山县西柏坡村，和在该村的中共中央妇女运动委员会的委员们谈话，布置起草《婚姻法》的工作，为建国后颁布法律做准备。

…………

当时，中央妇委副书记邓颖超同志和大部分妇委委员刚刚从农村开展土地改革回来，深切了解农村青年男女迫切要求婚姻自由的愿望。

党中央的想法与群众的愿望正相吻合，中央妇委的同志很乐意地接受了这项任务。

经过几个月的努力，中央妇委拟订出了《婚姻法》初稿。大约1949年3月初稿即从西柏坡带进了新解放的北平。

建国后，邓颖超同志把初稿送交党中央。经过中央书记处讨论修改后，由党中央转送中央人民政府。

第一部《婚姻法》的起草过程就是这样。当时王明是政务院法制委员会主任，他看过这个稿子是事实，但没有参与起草，也没有参与讨论，送中央政府之前，有没有提意见，我不了解，但绝不是他起草的。

罗琼

2001年10月22日

两封来信，对共和国第一部《婚姻法》的起草过程，有着截然不同的两种说法。其中，罗琼是亲自参与的起草人之一，应该说更可信。

罗琼是原全国妇联副主席、书记处第一书记，我国老一代的妇女活动家。她在青年时代就投身抗日救亡运动，后来长期从事妇女工作，几十年为妇女解放事业殚精竭虑，作出了重大贡献。

罗琼在 1948 年进入中共中央妇女运动委员会（简称为中央妇委）工作，从此她逐渐成了妇女解放运动决策层的成员。

自 1949 年新中国妇女的"一大"开始，罗琼就在全国妇联工作，并担任重要职务，直至 1989 年以 78 岁高龄离休。

罗琼的秘书后来透露说："罗琼大姐是在病中写这封信的。"

为了慎重起见，此信在发表前曾呈交全国妇联办公厅，又由全国妇联办公厅专门呈文中共中央文献研究室，最后，由中共中央文献研究室审定后批复：

罗琼同志的文章属实。

新中国第一部《中华人民共和国婚姻法》的起草，的确经历了一个较长的过程。

1948 年 5 月，分散在各地参加解放区土地改革的中央妇委同志陆续归来，很快健全了中央妇委的机构班子。

中央妇委书记蔡畅当时在东北组织革命工作，所以此次是在代理书记邓颖超的领导下，筹备解放区妇女工作会议。

1948 年 9 月，刘少奇主持召开解放区妇女工作会议。

在这次会上，刘少奇指出，如何抓住时机，加强党对妇女工作的领导，更进一步发动妇女群众，为妇女自身解放创造根本条件，为建立新中国贡献更大力量，成为中央妇委的一项重要工作。

根据刘少奇的指示，中央妇委决定召开一次解放区妇女工作会议，这一建议很快就得到了中央的批准。

1948年9月20日到10月6日，中央妇女工作会议在河北西柏坡隆重召开。

出席这次会议的有华北、华中、华南、西北、山东等解放区的妇女干部85人，还有中共中央直属机关80多名干部列席会议，总计共有160多人。

党中央十分重视这次会议，中央书记处讨论了妇女工作的具体情况。周恩来、刘少奇、朱德出席了大会，并作了重要讲话。

朱德代表党中央致开幕词，周恩来作政治报告，邓颖超代表中央妇委作工作报告。

中央妇委委员杨之华就婚姻问题、李培之就妇女干部问题、罗琼就妇女参加生产问题、康克清就儿童保育工作作了专题发言。

这次会议对抗日战争以来特别是土改工作以来的解放区妇女工作作了总结。会议还提出了加强与国际民主妇女联合会的联系，准备召开第一次全国妇女代表大会。

就在这次会议期间，一天傍晚，邓颖超对妇委的同志说："少奇同志让咱们过去一趟，要布置新的任务。"

当时，中央妇委驻东柏坡，东柏坡是个群山环抱、只有十几户人家的小山村。从东柏坡到西柏坡有二三里地，两地之间隔着一个小土坡。

当时，刘少奇与王光美刚刚结婚不久，中央妇委的同志们到达刘少奇夫妇所住的土墙泥顶的房子时，刘少奇热情地把大家迎进屋里，并拿出备好的花生和红枣让大家吃。

"会议开得不错吧？"刘少奇问。

邓颖超说："太好了！大家认真总结了过去的工作，讨论了当前的方针任务，而且还要研究制定今后妇女运动方针。"

刘少奇说："革命的形势发展很快，党中央领导的伟大战略反攻已经开始，中国人民的伟大革命战争很快就要在全国范围内取得胜利，再有一年左右时间，我们就能从根本上打倒国民党反动统治，建立起一个新民主主义的国家。"

刘少奇接着说："新中国一成立，你们妇女工作者的任务更重了。有些工作现在就要开始着手准备和研究。今天找你们来，想先交给你们一项任务，先吹吹风。"

听说有新的任务，中央妇委的同志们都很高兴，邓颖超忙说："少奇同志，请给我们布置吧！"

刘少奇说："新中国成立后，不能没有一部《婚姻法》，我们这么个5亿多人口的大国，没有一部《婚姻法》岂不乱套了？这个任务交给你们中央妇委，你们马上着手，先做些准备工作。"

之后，刘少奇转身取出一本已经发黄的小册子："这本《中华苏维埃共和国婚姻条例》，是 1931 年毛泽东同志亲自签发的。这是从封建婚姻制度中解放妇女群众，实行真正男女平等、婚姻自由的条例。体现了《婚姻法》的基本原则；你们还要深入调查研究解放区的婚姻状况，总结解放区这些年来执行婚姻条例的经验教训，反复讨论，再动手起草。"

邓颖超高兴地说："太好了！这些日子，大家通过在农村蹲点搞土改，更加深切了解贫苦农民，特别是妇女们深受封建婚姻统治的痛苦，她们迫切要求婚姻自由。"

中央妇委的同志很兴奋地接受了这项任务。

1948 年 10 月 5 日，第一次全国妇女代表大会闭幕前，刘少奇到会作了重要报告。

刘少奇在报告的最后专门提到《婚姻法》的问题。他说：

婚姻问题是妇女工作的重要组成部分。最近我查阅了一些解放区政府颁布的婚姻条例，均不同程度地保留了封建婚姻的旧传统。

新中国即将成立，我们这么大的一个国家，要有一部统一的《婚姻法》，现在时机已经成熟了，中共中央妇女运动委员会（简称"中央妇委"）现在就要组织力量起草新《婚姻法》，建立新民主主义的婚姻制度。

《婚姻法》起草

先准备一个草案，新中国成立后，由党中央送交中央人民政府，广泛征求意见，修改审定后公布施行。

中央妇委组织《婚姻法》讨论

1950 年 4 月 14 日，中央人民政府法制委员会在向中央人民政府委员会第七次会议所作的《关于中华人民共和国〈婚姻法〉起草经过和起草理由的报告》中说：

....

草案和各章各条，都经过反复的研究、讨论和修改。除少数条文外，多的会修改 30 至 40 次以上，少的也修改 10 至 20 次以上。

这个草案在法制委员会与全国民主妇女联合会及其他有关机构代表联席会议原则通过后，经过政务院法制委员会第四次委员会会议修正通过；又经过政务院第二十二次会议讨论；并经过由毛主席亲自主持，有中央人民政府委员会副主席、委员，政务院总理、副总理和委员，以及政协全国委员会常务委员会委员等参加的联席座谈会讨论两次。

现在这个草案的内容，即是各方面意见集中的结果。

....

《婚姻法》的草案是经过中央妇委的几位同志一起讨论起草的，那还是在第一次全国妇女代表大会结束之后，中央妇委的同志们历经一年多时间方才拟定的。

当时，中央妇委的同志们在东柏坡成立了《婚姻法》起草小组，由邓颖超主持，其成员有康克清、帅孟奇、杨之华、罗琼、李培之、王汝琪。

中央妇委在东柏坡村借用了老乡两个小院子，前院两间土屋，一铺土炕，几张桌子办公用；后院两间土屋则是几位大姐和工作人员的住处。

起草一部体现新民主主义婚姻制度的《婚姻法》，对于这些妇女领袖来说，并不容易。在起草小组成员中，真正学过法律的只有毕业于上海复旦大学法律系的王汝琪。由于她们长期做妇女工作，对广大群众特别是广大妇女渴望废除封建婚姻制度，建立新民主主义婚姻制度，感受深切。

为此，中央妇委派出工作组，对婚姻问题进行专题社会调查。

据当时的调查材料表明：在山西、河北、察哈尔等省已解放的农村中，婚姻案件占民事案件的比例，多的达99%，少的也占33.3%。

在北平、天津、哈尔滨、西安等已解放的城乡，婚姻案件多的占48.9%，少则占民事案件的11.9%。

在婚姻案件中离婚及解除婚约的，在上述农村中平均占54%，城市中或城郊中多的占84%，少的占51%。

离婚原因主要是包办、买卖婚姻、强迫、重婚、虐待妇女、通奸以及遗弃等，女方为原告，提出离婚的占58%至92%。

关于《婚姻法》讨论的经过，据罗琼老人回忆说：

> 那时候的风气非常好，讨论问题时，大家开诚布公，畅所欲言。因为这是为新中国和5亿同胞起草的《婚姻法》，大家都意识到它的分量。
>
> 光是框架就推倒重起好几次，每章每条都是字斟句酌。每次讨论都是大家先发表意见，王汝琪作记录，然后她再拿出新整理过的稿子，供大家讨论。

在讨论时，邓颖超说：土改在改正成分时，有些农村拿"破鞋"作为帽子加在一些妇女的身上，或者拿"破鞋"作借口剥夺她们应得的土地权，甚至把这作为打击妇女的口实，向妇女进行斗争。比如有一个不大的村子，就有80多个妇女被划为"破鞋"，这个"帽子"剥夺了她们应得的权利，甚至连她们的婚姻自由、选举权和被选举权都被剥夺。更可怕的是，我们的一些干部在这个问题上也不加以区别。至于在农村中，有的妇女守寡多年，靠上一个男人帮助干活；贫雇农娶不起老婆，靠上一个女人，可以在生活上"互助"，这些情况应加以具体的区分。产生"破鞋"的根源，一方面是因为农民没有翻身，受经济压迫；另一方面是由于婚姻不自由的制度所造成的。而我们有些干部没有认清产生的根源，把农村中的男女关系问题不加本质的、轻重的区分，一律加于"破鞋"帽子，是错误的。

还有一些同志谈道："一些地方在土改中，以各种方式干涉群众婚姻自由，统治妇女，不准她们出村，甚至还命令所有的寡妇一定要嫁给贫雇农光棍，把富有一点的妇女当成胜利果实来加以分配。还有关于抗战家属提出的离婚问题，有些地方抗战家属提出离婚，没有经前方军人的同意，就批准离婚，这对稳定军心非常不利。"

在那时，起草小组主要的参考资料是刘少奇送的那本《中华苏维埃共和国婚姻条例》。这个《条例》中的基本原则是：废除封建的包办强迫和买卖婚姻制度，实行男女婚姻自由、男女权利平等、一夫一妻、保护妇女和子女的利益。起草小组在讨论中一致认为，这个《条例》的基本原则基本符合人民群众的要求。

在起草过程中，大家经常发生争论，据罗琼老人回忆说：

> 争论最大的是有关离婚自由问题，1931 年颁布的《中华苏维埃共和国婚姻条例》第 9 条规定：确定离婚自由，凡男女双方同意离婚的，即行离婚。男女一方坚决要求离婚的，亦即行

离婚。

那么，新的《婚姻法》要不要把离婚自由写进去，大家争论的很激烈。有的同志反对离婚自由，认为离婚太自由了不利于社会稳定。特别是在农村，离婚自由了，就会触动到一部分农民的切身利益，他们必然将成为反对派；另外，还有同志提出，形势发展很快，马上就要进城了，进城以后，如果一些干部以"离婚自由"为借口，另找年轻漂亮的，就会把农村的原配给抛弃了。

邓颖超作为一名妇女运动领袖，她结合长期的革命实践，态度鲜明地主张写上"一方坚持离婚可以离婚"这一条。

早在 1930 年，时任中共中央机关直属支部书记的邓颖超，就在《苏维埃区域的农妇工作》一文中指出：

尤其是当斗争起来以后，农妇中的婚姻问题，童养媳问题，成为普遍的严重的问题。而对于这些问题又很少有适当的解决办法，由此引起纠纷与一些农民的反对，是极值得我们注意的问题。

对于离婚问题，她表明了这样的观点：

在全国苏维埃《婚姻法》未产生以前，对于婚姻问题的解决，必须坚持一定原则。

据罗琼后来回忆说：

当时，无论在城市和农村，提出离婚要求的或解除订婚婚约的，主要是妇女。

这是由于一部分妇女在家庭中遭受非人生活，所逼迫出来的不得已的结果。所以，从这个角度讲，"一方坚持离婚可以离婚"实际上是反映了绝大多数受迫害的妇女的意愿，保护了她们的利益。

由于中央妇委人手比较少，还要承担其他大量的工作，《婚姻法》的起草过程大约花了半年的时间。经过这段时间的努力，中央妇委终于拟定出了《婚姻法》草案。

1949年3月23日，中央妇委随中共中央和解放军总部一起离开西柏坡，迁往北平。

《婚姻法》的通过与颁布，正如政务院司法部部长史良所说："新《婚姻法》经过一年半的准备，和几十次的讨论，这一立法是很慎重的。"

邓颖超对《婚姻法》草案的意见

1949 年 3 月 23 日，中央妇委随中央机关离开西柏坡一起进驻北平。

进入北平以后，对于《婚姻条例》草案，中央妇委又组织进行了一番修改，草案除少数条文外，多的曾修改 30 到 40 次之多。

这项工作是在中央人民政府法制委员会的支持下进行的。法制委员会在《关于中华人民共和国〈婚姻法〉起草经过和起草理由的报告》中说：

…………

中央人民政府法制委员会在研究和草拟《中华人民共和国婚姻法》草案过程中，经常受到中央人民政府委员会毛主席和刘少奇副主席等的指示和帮助，经常得到政务院的领导和政务院政治法律委员会的指导。

在研究和草拟这一《婚姻法》草案过程中，法制委员会是经常与全国民主妇女联合会通力合作的。经常是与有关司法机关（最高人民法院、最高人民检察署、司法部等）合力工作的。

同时，并向各主要有关方面（各民主党派

人士、许多地方司法机关、内务部和一部分地方的民政机关、一部分妇女团体及其他群众团体、一部分少数民族代表等）比较广泛地征求了意见；对于反映中国新旧婚姻制度情况的一些实际材料（过去各解放区的婚姻条例、一部分有关的书、报、杂志，以及几十个人民法院的工作报告、专题总结、判决书、调解书、统计材料等）作了研究；并作了些有关婚姻问题的实际调查（如访问区人民政府和人民法院等）。

…………

1950 年 1 月 21 日，《婚姻条例》草案由中央妇委呈送党中央，并附邓颖超一封亲笔信。其信件的内容为：

这个《婚姻条例》草案，曾经过妇委正式讨论过 5 次，会后交换意见多次，并另邀请了中组部、中青委、法委等几方面同志共同座谈过一次，历时两月有余。几经争论，几度修改，有些问题，已经得到解决。但争论的主要问题，即一方坚持离婚，即可离婚，不附任何条件一则。至今仍意见分歧，尚未能取得一致。对于此点反对者是较多数人，赞成者包括我及少数人。

现为了应各地的急需，且有关广大群众切身迫切的利益，不能再拖延不决。故大家商定，一致同意先以现在的草案，虽然我仍不完全同意，已经妇委多数同意了最后稿，并将我们不同的意见一并附上，请中央参阅作最后决定。另送了 1 份《婚姻条例》草案给法委，请法委将意见提交中央。

此外，对送上之《婚姻条例》中之第 3 条，我不完全同意。可保留原文之前半至"纳妾"二字为止，其余指出的"兼祧"是个别的少数人，且有"实行一夫一妻制"，均可解决了。至原文规定禁止"及其他违反一夫一妻制的婚姻"，是不必要亦不妥当的。对第 10 条中"经调解无效"，仍是属于执行离婚条款时采取的方法和步骤，可放在解释的文件中说明，不需写入条例条文中。至该款规定"确因思想感情根本不和"字样，从文字和形式来看，仍为附加条件，而实际则等于无条件的。那么又何必不干脆地明确简单规定哩。

我们争论之是非，要求中央给予指示！妇委同志希望中央审阅后能和妇委同志一谈，或中央讨论时，允许妇委同志参加，究竟如何？由中央决定。

对该草案用何名义发表，写说明书着重哪

些问题，以及写社论的主要内容，亦请中央指示！

总政主张把革命军人婚姻条例，包括在一般婚姻条例内，我们不赞成，因为那是属于暂时的局部的问题，应分开补定为好。此事亦请中央决定通知总政。

专此，敬礼！

邓颖超

1950 年 1 月 21 日

中央立即将该《婚姻条例》草案分别送各民主党派、中央人民政府、全国政协、法制委员会、政治委员会，以及政务院政务委员会议，各有关司法机关、群众团体征求意见。

为了制定好《婚姻法》，工作人员认真研究了党在战争年代制定的婚姻条例，研究了几十份我国人民法院的专题总结、工作报告、调解书、判决书、安全、统计材料等，翻阅了有关婚姻问题的书刊、杂志和报纸，进行婚姻问题的实地调查等项工作。还学习了马克思、恩格斯、列宁、斯大林关于妇女问题和婚姻、家庭和社会发展问题的学说，以及毛泽东《湖南农民运动考察报告》等著作中的论述。另外，学习和参考了苏联、朝鲜、东欧等国家的经验。

《婚姻法》草案的内容和文字经过反复修改，在法制委员会与全国民主妇女联合会及其他有关机关代表联席会议原则通过后，又经政务院政治法律委员会第四次会议修正通过；政务院第二十二次会议讨论；由毛泽东亲自主持，并还有中央人民政府委员会副主席、委员，政务院总理、副总理和委员以及政协全国委员会常务委员会委员等参加的联席座谈会讨论两次。

另外，在研究和草拟《婚姻法》草案过程中，还受到了中央人民政府委员会毛主席和刘少奇副主席等的指示和帮助，并得到政务院的领导和政务院政治法律委员会的指导。

1950 年 4 月 13 日，《中华人民共和国婚姻法》草案在集中各方面的意见修改后，提请中央人民政府委员会第七次会议通过公布。

中央人民政府法制委员会向中央人民政府委员会递交了《中华人民共和国婚姻法》草案，并由委员会主任作了《关于中华人民共和国〈婚姻法〉起草经过和起草理由的报告》。

《中华人民共和国婚姻法》草案自中央妇委着手准备到定稿，历经一年半的时间。草案的各章各条，都经过了反复的研究、讨论和修改。

1950 年 5 月 1 日，中央人民政府正式颁布《中华人民共和国婚姻法》。这是新中国成立后诞生的第一部法律。

《婚姻法》的诞生为我国的广大人民群众，尤其是女性带来了福音，从根本的思想意识上改变了人们的择偶观念。在一些地区，出现了自由恋爱、自愿结婚的新风气。

《中国妇女》杂志记者左诵芬曾在一篇通讯中，描绘了河南鲁山县余庄乡贯彻《婚姻法》的新气象：

我们走进每个村子，可以看到每家院子里都堆满了金黄色的玉米，农民们穿得整整齐齐，脸上流露着翻身后获得幸福生活的喜悦。

一提到《婚姻法》，不管男人、女人、青年人、老年人，谁都可以对你讲一套婚姻自由的道理。尤其是青年男女谈起自己的婚姻和家庭时，特别感到满意和愉快。

我们访问了10对在《婚姻法》公布后结婚的夫妻，他们都是自由结婚的。他们有的是在互助组互学、农村剧团里相识的；有的是经过人家介绍"彼此了解情况"，双方都满意才结婚的。在这里包办婚姻已经绝迹，而且被认为是"笑话"了。当我们在一户农民家里吃饭时，女主人指着一位十六七岁的女孩子告诉我："八路军快来时，坏人造谣，说共产党'共产共妻'，俺赶紧给闺女寻了个婆家。现在兴婚姻自由，让她个人做主吧，俺不能管了。"那个女孩子很大方地接着说："我要到他家看看，合意就结婚；不合意就退婚。"像这个女孩子一样，余庄还有20多个解放前被父母包办订了婚的女孩子，她们有的也正打算去找未婚夫谈谈，看合不合条件。一般青年妇女选择对象的标准是：生产好、劳动好、学习好。党员和积极分子还要问你在不在组织（是不是党、团员）？在不在武装（是民兵吗）？还要拿《识字本》考考你的文化程度。一个12岁的孩子对一位青年说："你只顾自己搞生产，不去学习，不参加工作，将来没人'对你的象'。"

随着包办婚姻的绝迹，买卖婚姻也就消灭了。过去娶一个媳妇要花500公斤至1000公斤粮食。解放前该乡娶不起媳妇的光棍汉就有80多个。可是现在只要男女双方同意，就可以到乡政府登记结婚，用不着花一斤粮食；有的男方家送给女方一两身衣料，而女方又往往留着给男方用。

这样自主自愿结合的家庭，无论在夫妻间或亲属间都出现了一种新的关系。如魏庄冯宗义从小由父母包办结婚，6年没和妻子同盖一床被；另外一个庄子的郑桂香，不堪婆婆的虐待曾想上吊自杀。贯彻《婚姻法》后，他们都离了婚，不久，他们自愿结合，婚后，家庭和睦。冯宗义参加了民兵，又去治淮；郑桂香在抗旱中带头浇水开渠，带动了全家，成为全乡闻名的和睦家庭。

可见，《婚姻法》颁布后，男女青年在选择对象上的观点得到了根本改变。

男女青年在工作、生产中产生爱情，互相学习、互相爱慕，自愿结婚，一改过去"父母之命，媒妁之言"的旧婚姻模式，成为了自己感情的主人，使得广大青年男女真正获得了解放。

三、《婚姻法》实施

- 各级宣传工作队深入城乡采取表演自编小节目、广播讲座、放映电影等各种各样的方式来宣传《婚姻法》。

- 河南商丘一个区举行《婚姻法》的宣传大会，一个男区长还感到不好意思，他红着脸在台上说了几句，就急忙从台上跳了下来，结果引得群众哄堂大笑。

- 刘大妈说："儿子自由结了婚，家庭和睦，生产也搞好了。"

全国掀起贯彻《婚姻法》高潮

1950年4月30日，中共中央专门下发了《关于保证执行〈婚姻法〉给全党的通知》，指出：

在党内有一部分党员，特别是担任区、乡政府工作中的某些党员，甚至少数下级司法机关工作中的个别党员，由于受了封建意识的影响，或者对一部分群众中干涉男女婚姻自由和虐待妇女以及虐待子女等非法行为，采取袖手旁观的态度，因而未能依法给干涉者和虐待者以应有的法律制裁和思想教育，并给被干涉者和虐待者以应有的法律保护和事实保护；或者甚至本身有时也做出干涉男女婚姻自由的非法行为，这些都是不对的。

…………

应使共产党员们明白认识：如果共产党员有干涉男女婚姻自由行为以及因干涉婚姻自由而造成被干涉者的伤害或死亡的行为，将不仅应负民事的和刑事的责任，而且应受到国家的法律制裁，并且首先将受到党的纪律制裁。

…………

在这份"通知"下达后，全国各地掀起了贯彻实施《婚姻法》的热潮。

我们可以从内蒙古自治区和当时的绥远省实施《婚姻法》的情况来认识全国的整体状况。

1950 年 5 月下旬，内蒙古自治区和绥远省人民政府分别发布命令，要求各盟市、旗县大力宣传《婚姻法》。于是，整个内蒙古自治区和绥远省掀起了学习《婚姻法》的热潮。

各级宣传工作队深入城乡采取表演自编小节目、广播讲座、放映电影等各种各样的方式来宣传《婚姻法》。一些专业文艺团体采用群众喜闻乐见的地方戏的演出形式，把《小二黑结婚》《小女婿》《方四姐》等抨击封建制度、歌颂婚姻自由的文艺节目表演给群众看。

《小二黑结婚》讲述的是在 1942 年，山西某抗日根据地的小山村里，民兵队长小二黑与同村姑娘于小芹相爱，却遭到双方父母的反对。二黑的父亲二诸葛还私下里给二黑收了个童养媳，小芹的母亲三仙姑由于贪财，逼小芹嫁给吃喝嫖赌的吴广荣。一天夜里，二黑和小芹正在商量终身大事时，却被早已垂涎小芹的地痞金旺等捆住，借机陷害。幸得区长及时赶来，逮捕了一向欺压百姓的金旺，当众教育了二诸葛和三仙姑，并批准了小二黑和于小芹结婚，有情人才终成眷属。

《小女婿》讲述的则是 18 岁的香草被父母包办嫁给

一个年仅8岁的富家男孩儿，日复一日地像母亲一样侍候小丈夫的悲惨故事。

《方四姐》则是写方四姐嫁给于可久之后，受到婆母和小姑子的虐待。婆母和小姑子对方四姐非常不好，她们让方四姐连夜磨出两斗小麦，方四姐不知如何是好，这时土地、判官和小鬼都为之不平，他们都来帮方四姐磨小麦，天亮时小麦终于磨好了。婆母没话可说，但是小姑却调唆婆母又把方四姐毒打一顿，并将其头发剪去，方四姐难以忍受这样的折磨，在走投无路的情况下，终于自尽身亡。

这些文艺节目深深打动了遭受封建婚姻制度迫害的广大妇女，使她们在内心深处产生了共鸣，她们纷纷含泪向党和政府控诉自己的苦难与所受的非人的迫害，同时由衷地认可《婚姻法》的实施。

有了法律的保护，全国各地纷纷揭露出许多压迫、欺凌妇女的典型案例。

如：绥远省归绥市新城家庙街张银女提出了自己的控诉。据她说，她的二爷收了彩礼把她嫁给李三白，她坚决不同意，她的二爷就找了很多人夜里将她弄到李三白家强行成婚。旧城桥头街张爱花的父母因贪图80块银元的聘礼，将女儿送到小黑河村当童养媳，张爱花到男方家，常常吃不上饭，受尽了公婆的虐待。

像上述妇女遭受迫害的事件可谓数不胜数。

为了进一步实施《婚姻法》，1950年8月23日，归绥市人民政府颁布了《婚姻登记暂行办法》，以布告的形式公之于众，规定结婚和离婚一律到所辖区公所登记，对符合法律的发给结婚证或者离婚证；对男女一方坚决要求离婚者，由区公所调解，调解无效再由市人民法院审理等。

1951 年 7 月，内蒙古自治区和绥远省人民政府又颁布《婚姻登记办法》，要求各个盟市、旗县配备专职婚姻登记员，严格依法办理结婚登记手续等，从而制止了很多非法婚姻，内蒙古地区依法处理婚姻关系的局面得到了良好的发展。

可以说，1950 年下半年到 1951 年上半年，成为了我国大力宣传《婚姻法》的高潮时期。

贯彻《婚姻法》遇到的阻力

1950 年，在《婚姻法》贯彻实施的过程中，由于在一些干部的头脑中仍然存在着封建婚姻观念，有一些人把《婚姻法》说成是"离婚法"，是"拆散人家法"，是在"提倡不正当的男女关系"等；有的干部甚至不支持妇女与封建婚姻作斗争，漠视妇女权益，干涉婚姻自由，打击要求婚姻自主的妇女。

在湖南，一些县干部居然提出："以后凡是贫雇农老婆提出离婚，不得批准。"

有一次，河南商丘一个区举行《婚姻法》的宣传大会，一个男区长还感到不好意思，认为公开谈婚论嫁是丢人的事情，他红着脸在台上说了几句，就急忙从台上跳了下来，结果引得群众哄堂大笑。

据省妇联退休干部郭老先生回忆说：

在当时，一些干部对《婚姻法》有抵触情绪，怕宣传会"引起天下大乱"，怕"贫雇农丢了老婆"，怕群众闹不团结。不少干部认为，《婚姻法》"只对妇女有利，不如叫妇女法或离婚法"。那时登封有一名区长就说："《婚姻法》不敢对群众讲太清楚，怕离婚的太多。"而荥阳的一个农会干部因为怕闹事，干脆就私自把《婚姻法》藏在家里，把公开的国家大法束之高阁，弄成了神秘的东西。

《婚姻法》的出台，强烈冲击着人们旧观念的同时，也冲击着男权思想和官僚主义。即便这样，在婚姻家庭中逼婚和虐待妇女的现象，以及男权思想和官僚主义仍然是屡见不鲜。

从档案记载和当时的众多当事人那里可以了解到，一些妇女曾以生命的代价来抗拒逼婚与虐待。

在内蒙古自治区的库伦旗八区，有一位妇女梅其其格因为不堪忍受丈夫的虐待，主动向政府控诉，却遭到村干部的强行拦阻，村里还召开群众大会对梅其其格进行污辱和斗争，最终梅其其格含恨而死。

在湖北省襄阳县刘家村，有一名妇女叫吕春芝，因其夫妇感情不好而要求离婚，结果被乡干部和她的丈夫吊起来毒打，而乡妇女主席竟然也大骂她不要脸，说她给全乡人丢了人，抹了黑。居然还强迫她："不准离婚，三年内不得走娘家；不准与娘家村里的人说话；大小便要向丈夫、婆婆请假；离开村子要向妇女代表会报告。"如果吕春芝违反了其中的任何一条，就要开大会批斗她，同时还要让她跪在铡刀上喝三碗大粪汤。在这样的情形下，吕春芝由于惊吓过度而发疯出走。

在河南商丘也有一个同样令人悲愤的故事。

郭村镇有一个女团员要与地主的儿子解除婚约，区干部就在全镇大会上辱骂她："这个女子不要脸，还觉得解除婚约多光荣呢！"这个女孩羞愤难当，10多天不愿出门，躲在家里不肯见人。就这样还不算完，区干部居然把这个女孩关押在乡政府两天，最后女孩被逼得走投无路，只好上吊自杀了。

当时，由于一些干部对《婚姻法》宣传不力，犯了官僚主义错误，处理问题方式简单粗暴，导致了一些悲剧的发生。据有关档案记载：

有的地方用命令的方式，强迫女方结婚，酿成惨案。1950年7月，仅河南郑州、信阳、南阳、洛阳等地的23个市县，有多名妇女因婚姻问题死亡；商丘4县1区中，有24名因逼婚死亡，其中12人自杀，9人被杀，3人不明不白死亡……还有的已婚妇女不堪忍受虐待而自杀……

为此，商丘专区主要领导检讨说："这是我们的失职，要向全专区因婚姻问题死亡的妇女致哀，要作深刻反省……"

事实上，《婚姻法》实施之初，仅在河南一省就出现过离婚或解除婚约的浪潮。据当时的档案记载：

到 1950 年 4 月，全省离婚案件占民事案件的 40% 至 60%，到 5 月增加到 70% 至 90%。到 1951 年年底，据不完全统计，郑州市提出离婚的有 4080 人，经调解和好的 1536 人，判决离婚的 2544 人，离后复婚的 54 人；商丘专区处理婚姻案件 1854 件，其中离婚的有 1337 件。

此外，在执行《婚姻法》的过程中，也出现了一些因干部矫枉过正，不负责任，一味袒护妇女的现象，产生了不好的影响。

比如，在 1950 年下半年，荥阳县有关部门不问实情，只要接到离婚请求就快速办理，两个月就判决了 293 对夫妇离婚，即便不少夫妇要求复婚，也不予理睬。

由于文化、素养等因素的差异，相对城市来说，农村落实《婚姻法》的进程显得比较缓慢。

例如，在商丘虞城县刘集乡有个叫刘红朗的小伙子，跟一个姑娘自由恋爱。女孩的父母嫌刘红朗家里太穷，便坚决不同意两人结合。但女孩发誓非刘不嫁，两人经常隔着墙头传字条互诉衷肠。他们的关系维持了一年多，仍然没有结果，他们一商量，偷偷跑到郑州，向省妇联反映了情况。

河南省妇联的同志认为他们情投意合，符合结婚条件，马上就给当地妇联打电话，请他们协助做好女方父母的思想工作。

后来，在省、市和虞城县妇联的关注下，两人顺利拿到了结婚证。举行结婚仪式那天，当地妇联还派代表前去祝贺，一出苦尽甘来的"逃婚记"，就这样成就了一桩美好姻缘。

尽管《婚姻法》在推行之初为许多人的传统思想所不能接受，导致了一些悲剧的发生，但男女平等、婚姻自由的潮流是不可逆转的。从全国总的情况来看，《婚姻法》的公布和实施，不能不说是一个具有划时代意义的壮举。

全国检查《婚姻法》执行情况

1951 年 9 月 26 日，中央人民政府政务院发布了《关于检查〈婚姻法〉执行情况的指示》，指出：

> 根据各方面的报告，许多地方带有封建思想的人仍在继续干涉男女婚姻自由、虐待妇女和虐待子女等非法行为，而一部分干部竟对此种非法行为采取袖手旁观的态度，或者有意予以宽容、袒护，甚至他们本身也做出直接干涉男女婚姻自由的非法行为，致使被干涉者、被虐待者得不到法律上和事实上应有的保护。
>
> 因此，包办、强迫与买卖婚姻，在许多地方，特别是在农村中，仍然大量存在。干涉婚姻自由与侵害妇女人权的行为，时有发生。甚至严重到迫害妇女的生命，致使全国各地有不少妇女因婚姻问题而被杀或自杀。

这一指示是针对《婚姻法》实施之后仍然出现的家庭虐待问题所提出的。

如，1950 年 10 月，《川北日报》报道了四川安岳县仅在半个月中，就连续发生 4 件妇女在婚姻中遭受虐待、自杀和被谋杀的事件：

1. 团霸区罗汉乡贫农妇女吴李氏，1949 年与园坝乡吴子斌结婚，婚后感情尚好。吴母蓝氏却常常无事生非，虐待吴李氏，又随时在儿子面前说长道短，吴李氏只好忍气吞声。

今年 10 月 2 日，吴李氏小产后不能劳动，蓝氏硬说她装病偷懒，叫女儿暗中查看，又叫儿子去挤奶，证明小产属实。

10 月 12 日，吴李氏刚端上碗吃午饭，又被蓝氏母子一顿痛骂，并叫她立即到地里干活。吴氏放下饭碗痛哭，出门后感到悲痛万分，便投河自杀。

2. 姚区团结乡农民李代国今年 17 岁，不到结婚年龄，未经区人民政府审查登记，去年腊月与长河乡农民妇女文德芳结婚。婚后夫妻感情不和，李代国又因操劳过度身体瘦弱，他母亲说是文德芳年纪大把儿子拖病了，旁人也这样笑她，她满腹冤屈无处诉说。

10 月 17 日晚，又遭公婆大骂，她又是难过又是愤恨，感到无地自容，于当晚用刀自杀。

3. 复兴区横庙乡农民田世模娶妻李氏，婚后，夫妇感情不和。而田世模近年来却与李氏的亲姐姐李作秀有私情。

10 月 18 日晚，田世模同李作秀商量：杀死李氏，形成长久夫妇。当晚，田世模回家后，将李氏杀死。

4. 团霸乡九村武装队员杨德富与女武装队员杨用中两年前订婚。杨用中因自己患月经病不愿结婚，可双方父母一直威逼，不得不于今年 6 月完婚，婚后病情加重，万分痛苦。

10 月 13 日上午，趁丈夫上山挖红苕，她取出柜内的步枪，装上子弹，卧在床上将自己打死。

1951 年第 10 期《中国妇女》杂志披露的河南"梁安氏惨死案"，更是令人触目惊心！

梁安氏，姓安，1944 年嫁给睢县烧盆李村梁永诗。梁母王氏，在村中凶悍是出了名的，人称"母夜叉""活阎王"。梁永诗上一辈有 5 个弟兄，下一辈有 14 个弟兄，解放前在村里横行霸道，谁都怕他们。

结婚时，梁永诗已有外遇，再加上王氏终日在儿子面前说媳妇坏话，所以，梁安氏经常受到梁永诗的毒打。

婚后 10 个月，梁安氏生下一个儿子，王氏硬说是私生子。从此，母子二人对梁安氏更是

百般虐待。

一天，梁永诗故意叫梁安氏铡半湿半干的草。干草湿的容易铡，干的也容易铡，可唯独半湿半干的最不容易铡，一般的男人一次只能铡半捆，梁永诗却要梁安氏一次铡两捆。梁安氏铡不动，梁永诗就用鞭子打她，从黄昏一直打到半夜。

第二天，天还没亮，王氏又让梁安氏去摘绿豆。梁安氏下了地，连豆荚都看不见，根本没法摘。她越想心越酸，便偷偷往娘家梁庄跑，离村子大约有7.5公里的路程。天亮时，梁永诗来叫梁安氏回家做饭，见地里没人，知道她逃回娘家去了，提了一条红缨枪便追。梁安氏刚进梁庄村口，扭头看见怒气冲天匆匆赶来的丈夫，吓得尿了一裤子，知道要是给他抓住肯定不得了，还不如自己干脆死了，便一头扎进身边的一口井中。正好被下地的村民发现，把她救了上来。刚坐到井边，梁永诗一把揪住她的头发又打了起来。村民们看不下去就说："你再打人，我们就揍你！"梁永诗骂了几声便走了。

从清晨到黄昏，梁庄的人不见梁永诗来接梁安氏，气愤不过，几位村民去烧盆李村找梁永诗讲理，梁永诗便让他伯父梁世恭到梁庄领梁安氏，并扬言准备将她休了。

当地的风俗，一个女人如被丈夫休了，将永远无法再嫁。梁安氏家几辈子只养她这么个闺女，平日里爷爷叔伯都很疼爱她，长辈们都认为真被梁家休了会害她一生。他父亲没办法，只得流着眼泪说："闺女啊，你就是死也要埋在梁家的地里。"硬是让梁安氏跟梁世恭回到了婆家。梁安氏回到婆家后，又遭到梁永诗母子一顿毒打。

没过多久，梁永诗兽性发作，拿刀又要杀死梁安氏。梁安氏只得从小路逃回娘家，害怕父亲骂她，不敢回家。她在家门口蹲了半夜，直到鸡叫才把母亲叫醒。

天刚亮，梁永诗又赶来找她。梁安氏父亲备了一辆大车，让梁安氏的伯母送他们回去。走到半路，梁永诗就用鞭子把梁安氏打了个半死，吓得她的伯母连忙跑回了家里。

1949 年 8 月，梁永诗和王氏对梁安氏的虐待更加厉害。梁安氏意识到他们母子要加害自己，可又无法脱身，便找到村里的一个媳妇，这个媳妇也是梁庄人，说道："你替我回去一趟，让我娘来接我，他们要害死我了。"不巧，那几天正下大雨，那个媳妇没有及时替她送回信。

8月26日深夜，梁安氏刚刚睡着。梁永诗悄悄喊来了弟媳妇和两个妹妹，一场残忍的谋杀开始了。梁永诗先用棍子将梁安氏打昏，然后用绳子勒住她的脖子，再用织绒线的铁针扎进她的阴户，开始没有扎中；再扎，把阴户扎了一个窟窿，流了一大摊血。几分钟后，梁安氏停止了呼吸。他们原本打算把尸体投进河里，毁尸灭迹，又怕在路上被人发现。于是，便给尸体换了件衣服，对村里的人说，梁安氏是上吊自寻短见的。

梁安氏娘家人闻讯后，赶来奔丧，梁永诗、王氏急忙回避不敢相见。后经安家多次辗转上告，终于于1951年9月14日，由中南分院判处梁永诗、梁王氏死刑，立即执行。

在当时，虽然社会上还存在着封建思想的残余，但是，在《婚姻法》的带动下，人民群众对于婚姻自由的渴望犹如久旱盼甘霖。

比如：据当时媒体报道说，发生在河南商丘郭庄区的一个故事，就表现出了《婚姻法》执行后的美好景象。

青年宋启云和刘明霄，在一起劳动中产生了感情，自由恋爱后，经过区上登记结了婚。在举行婚礼时，宋启云说："我爱你是青年团员，思想进步，咱俩思想一致。"刘明霄说：
"我爱你是共产党员，更能帮助我进步，你大我
几岁也没啥！"他们结婚后，生产和工作积极性
都更加提高了。

在当时，许多妇女面对封建传统势力的残酷迫害，
可以说她们是用自己的生命在践行着《婚姻法》。那些长
期遭受封建主义婚姻家庭制度摧残、奴役的妇女，纷纷
提出离婚要求，她们终于看到了新的生活道路。她们终
于明白，新的人生要从婚姻自由开始，旧的婚姻制度必
将走向灭亡。

中央人民政府政务院《关于检查〈婚姻法〉执行情
况的指示》下达后，全国迅速掀起了检查《婚姻法》的
贯彻实施情况的高潮，使《婚姻法》真正落到实处，真
正为广大人民群众服务。

《婚姻法》实施

全国再掀贯彻《婚姻法》高潮

1953 年 2 月，中央人民政府政务院发布《关于贯彻〈婚姻法〉的指示》指出：

> 全国各地，除少数民族地区及尚未完成土地改革的地区外，无论城市或乡村，均应以 1953 年 3 月作为宣传贯彻《婚姻法》的运动月。在这个月内，必须充分发动男女群众，特别是妇女群众，展开一个声势浩大、规模壮阔的群众运动，务使《婚姻法》家喻户晓，深入人心，发生移风易俗的伟大作用。

于是，全国再次掀起贯彻《婚姻法》的高潮，努力把《婚姻法》贯彻到每一个被遗忘的角落，真正做到家喻户晓，人人皆知。

事实上，对于《婚姻法》的贯彻，全国是比较彻底的。但是，由于全国各个地区情况不一样，因此对于《婚姻法》的执行情况各地也不尽相同。

比如，内蒙古自治区和当时的绥远省人民政府早在 1953 年 1 月，就分别成立了贯彻《婚姻法》运动委员会，并且决定把 3 月作为贯彻《婚姻法》的运动月。

通过新一轮的宣传与教育，群众的觉悟又提高了一大步，自主婚姻越来越多，模范夫妻和民主和睦的家庭层出不穷。

例如，归绥市第三区东瓦窑村雇农张富仁和寡妇邢小女感情很好，但是怕村民指责寡妇嫁人不吉利，因此一直不敢结婚。由于政府大力宣传婚姻自由，他们也大胆地登记结了婚，婚后努力参加生产，积极劳动，日子是一天比一天过得好。

由于封建思想在一些干部群众中根深蒂固，在部分地区仍然存在《婚姻法》贯彻不得力的现象，特别是部分地方干部对《婚姻法》不理解，甚至在婚姻关系中有意偏袒男方。

例如，河南省新郑县一名乡干部不仅不支持一名妇女离婚，还将这名妇女打了一顿，不准她离婚。

再如，河南省虞城县一个女子因不满父母把自己许配给一个素不相识的人，便提出解除婚约的要求，她的父母不同意，而区干部听说这件事后，也不管不问。

还有，河南省开封县有一个乡长，因为觉得女子自己找对象不符合传统的道德标准，不给这位女子开结婚介绍信，这名女子与他评理，他还将这位女子捆在树上绑了一夜。

这些悲剧震惊了河南省妇联。为此，1953年3月，河南省贯彻《婚姻法》运动委员会就因婚姻问题引发的各类案件，专门发出紧急通知，认为导致惨剧发生的主要原因是："未能全面宣传或错误地宣传《婚姻法》政策；干部犯官僚主义，不关心人民疾苦。"

湖南省也有着相似的悲剧。

例如，茶陵县顾母乡政府主席谭森林，强迫本乡妇女陈雪义和原来曾订有婚姻关系的农民尹四仔结婚。陈雪义坚决要求解除婚约，谭森林便让乡政府的炊事员用绳子把陈雪义捆在床上，她的父母听说后，跑来求情，谭森林居然又让人把她的母亲吊到窗口上，把他的父亲看押起来。陈家没有办法，只好请本村和邻村的村长做担保请求放人，但谭森林说："放人可以，但陈雪义必须答应在阴历三月与尹四仔成亲。"陈雪义在万般无奈之下，只好勉强地答应了下来，回家后便觉走投无路而投河自杀了。

旧的婚姻观念依然在冲击着人们，一些妇女仍然以生命为代价来追求婚姻的自主。在档案记载和当事人的回忆中，有着一些不惜以生命来抗婚的女子的故事。

比如，郑州市民李林光讲述的这个故事：

1950年7月，我的姐姐和郊区邻村的小伙子自由恋爱，快到谈婚论嫁时，斜刺里冒出一家姓秦的，非逼我姐姐做秦家的儿媳妇。

那时我家姊妹多，经济不宽裕，秦家曾借给我们几十块钱生活费，一直没有还。他们说钱不要了，条件是我姐姐得嫁到他家。我父母没办法，要姐姐跟邻村的小伙子断了，姐姐不愿意，被逼得没办法，晚上跑到野地里投井自尽了，这事后来不了了之。我姐白死了啊，太不值了。

同样，绥远省因为婚姻问题自杀或者被杀的妇女也为数不少，仅在一年间就有100多人。

在开鲁县四区，农民张桂芝的父母用脱离关系、寻死上吊等方法和手段想要阻止女儿的婚姻自由，张桂芝没办法，想要自杀，幸亏遇上《婚姻法》宣传月，在村干部的调解和教育下，张桂芝才得以自由结婚。

针对形形色色的婚姻问题，内蒙古自治区和绥远省人民政府加大了执行措施，保证《婚姻法》得以坚决贯彻，确保广大妇女的权益能够得到保障。

尽管《婚姻法》的实施充满了阻力，但在全国各地声势浩大的《婚姻法》宣传普及活动中，妇女的平等权益、婚姻自主权利与婚姻自由成了当时街谈巷议的热门话题，人们对妇女权利的认识与理解也有了一个本质的飞跃，妇女解放的进程因此也向前跨越了一大步。

全国出现婚姻自由新时尚

云南呈贡县古城乡的一位刘大妈，说出了自己对于《婚姻法》实施的切身感受：

> 我儿子的婚姻是我包办的，两口子一直过不到一起。去年媳妇提出离婚，我不答应，我只想到娶她时卖了 5 头猪，怕落得人财两空。没想家庭不和就搞不好生产。年初他们离婚后，儿子又自由结了婚，家庭和睦，生产也搞好了。

另外，在江尾乡生活的孙永华，在没有学习《婚姻法》之前，经常打骂老婆，还理直气壮地说："女人是块铁，越打越热。"

在学习《婚姻法》之后，他主动在村民大会上，作了检讨，承认了自己的错误做法。

在这之后，他积极搞好家庭关系，积极参加生产劳动，家庭生活也一天天变好了。

归绥市碱滩村的李秀珍，原来经常受到丈夫的打骂，吃也吃不好，睡也睡不好，结果是面黄肌瘦，体弱多病。

自从学习了《婚姻法》后，在 1952 年离了婚，之后和贫农张三达结婚，婚后她和婆婆、小叔子相处得非常和睦，劳动也非常积极卖力，身体也健康了许多。小叔子夸奖她说："嫂子比男人都能干！"

占城乡的农民唐建功，曾经因为娶媳妇，欠了一大笔债，生活非常困难，心里总是窝着一股火，看见媳妇就来气，经常打架，媳妇气得很难过，也没心思干活。

学了《婚姻法》后，唐建功问媳妇为什么不好好干活。他媳妇说："你骂我、打我，家里有多少钱我也不知道，我还比不上一个帮工，这日子还有什么过头？"

对照《婚姻法》，唐建功认识到这是夫权思想和经济不民主造成的，于是，他主动向媳妇作了检讨。从此，两口子的矛盾终于化解了，他们过上了同心同德的幸福生活。

对此，群众都说："没有《婚姻法》，夫妻是冤家；有了《婚姻法》，夫妻是一家。"

当时在皖北出现了三首民歌，这三首民歌，在很大程度上说明了当时年轻人在思想上对于婚姻观念的可喜转变。

其一：

> 小麻雀，叫喳喳，
> 政府颁布了《婚姻法》：
> 男婚女嫁自当家，
> 再不兴童养媳，
> 寡妇可再嫁。

过去封建都打倒，
这样的日子真正好！

其二：

天上有个北斗星，
地上有个毛泽东。
婚姻自由找对象，
怎不叫人心喜欢！

男女双双下田去，
互助生产喜洋洋，
白天地里生产忙，
晚上凌校学文化。

增产节约加油干，
支援前线最要紧。
幸福不忘毛主席，
翻身全靠共产党。

其三：

绿荫底下有人家，
姐妹二人纺棉花；

耕田的小伙子回来了!

放下犁耙谈闲话:

"我问姐儿有多大?

为何还不说婆家?

我有楼房与好地,

你可愿意嫁我吧?"

姐儿开口笑嘻嘻:

"不问楼房与好地,

如今青年爱劳动,

你不劳动不嫁你!"

可见,《婚姻法》的宣传贯彻,使人们对其有了基本的了解,基本上达到了家喻户晓的程度,群众在思想上也划清了新旧婚姻的界限,消除了各种思想顾虑。

《婚姻法》解决了家庭、婚姻的纠纷,男人和家长明白了什么叫民主,妇女们也克服了依赖思想;有的婆婆主动向媳妇检讨,帮媳妇干活;媳妇则说:"我受罪半辈子,现在《婚姻法》救了我。"

同时,《婚姻法》鼓舞了青年男女的勇气与斗志,使他们突破了封建思想,大胆地进行自由恋爱。许多青年男女在选择对象时,都把思想进步和工作生产积极放在第一位。

可以说，新中国第一部《婚姻法》规定了一些前所未有的条款，如：规定夫妻在家庭中的地位平等，要互敬互爱，互相扶助，双方均有选择职业和参加社会活动的自由。

《婚姻法》实现了男女双方在婚姻中权利义务对等的理想，这在中国的历史上还是第一次。

可见，新中国第一部《婚姻法》是中国妇女解放道路上的一个里程碑。

四、 婚姻新面貌

● 在新中国的大地上出现了冲破封建礼教束缚、追求正当生活的寡妇再嫁新风。这使广大人民，尤其是妇女脱离了苦海，自由自愿地和心爱的人结合了。

● 社会学家李超然说："新《婚姻法》将最低婚龄定为男子 20 岁，女子 18 岁，是有科学根据的，同时符合当时的国情，最重要的是它体现了党和政府对人民群众切身利益的关注，对国家发展的负责。"

● 上海市民主妇女联合会说："你的各种顾虑，只说明了你的软弱，你的缺乏斗争的勇气，因此你必须很快地纠正这些缺点。要知道新中国的妇女是有高尚的生活目的的。"

《婚姻法》 带来新气象

1950 年 3 月 3 日，政务院第二十二次政务会议通过了新中国第一部《婚姻法》。

《婚姻法》其中规定：

> 废除包办强迫、男尊女卑、漠视子女利益的封建主义婚姻制度。实行男女婚姻自由、一夫一妻、男女权利平等、保护妇女和子女合法权益的新民主主义婚姻制度。

《婚姻法》实施后，中国社会的风气焕然一新，婚姻自由成为新的道德标准。人们对于婚姻的态度也表现出了前所未有的可喜变化。

伴随着《婚姻法》的实施与开展，人们的社会价值观念也开始转变，一个不同于旧社会的婚姻新面貌，逐渐呈现在人们面前。

比如，有这样一个故事，可以让我们感受到当时的婚姻新面貌。

济南江丰纱厂织布车间里，有一对恩爱夫妻，他们是骆淑芳和丁长久。

骆淑芳在车间里是产量最高、质量最好的织布能手，同时还是被毛泽东接见过的劳动模范。而丁长久是全车间修机器最好的保全工，是一个浓眉大眼的青年人。他们两个人是在《婚姻法》的号召下，自由恋爱结婚的。

当初，工厂里的工人们一起打乒乓球的时候，他们相识了。当时丁长久球打得非常好，那次忽听"啪"的一声响，球像流星般地从网上飞过去，人群中一阵喝彩声。

站在骆淑芳身旁的一位女工，小声地说："淑芳，你看！打得多棒，他就是丁长久。"

骆淑芳不由得看了一眼丁长久，便红着脸笑了，心里想："啊！原来就是他。"

1950年底，丁长久和骆淑芳被调到一个组里去了，他们开始在一起工作，而骆淑芳任组长。

对此，丁长久常常情不自禁地对小组的同志们说："同志们，我在全国劳动模范领导的小组里工作，可不能落后啊！"

骆淑芳觉得自己第一次当上小组长，缺乏经验，需要大家帮助，而领导上把丁长久这样一个人人夸奖的年轻人调到她组里来，她真是说不出的"欢迎"！

一次，骆淑芳到北京开全国劳动模范代表大会，带回来很多书。她为了加强组内同志的学习，就拿出来让大家一起学习。而丁长久本来就是一个爱学习的小伙子。看到这么多好书，就像得到宝贝一样，一有空就认真学习起来，常常是把吃饭和休息都忘了。

丁长久积极向上的进取心使骆淑芳心里暗暗佩服。

骆淑芳是山东省总工会执行委员，因此常到外面去开会。但每次出去开会，骆淑芳都有些放心不下小组里的工作与生产，她心想："我走了，小组里的工作谁来抓?"

一次，骆淑芳又要出去开会。丁长久猜透了她的心思，赶忙从车间里走出来，两只手上满是油泥，羞涩地对骆淑芳说："不用牵挂生产，只管放心去开会吧，组里我来负责。"说完，他便赶忙跑回车间里去了。

从那以后，不管骆淑芳出去开会的时间是长还是短，组里的工作全都井井有条，生产有增无减。骆淑芳回厂时，大家都告诉她："组长，你不在时，丁长久在组里起的作用可真大啊!"

于是，骆淑芳非常感激丁长久，想说一句道谢的话，可是却感到不好开口，只是一个人暗暗地想："丁长久这人真行!"

其实，丁长久从小很苦，在他还不懂事的时候，他的母亲就去世了。9岁的丁长久便进了工厂。他从小是自己跌倒自己爬起来，没有人疼，所以养成了独立、顽强、进取的性格。

而骆淑芳的家庭在旧社会里，也是吃不上，穿不上。父母非常辛苦地拉扯着一大家子。因此，她也是早早地被迫到工厂里做了童工。

他们对过去，可以说是深恶痛绝，两人时常在一起谈到旧社会里吃的苦和受的罪，谈着谈着，他们之间便觉得更加亲密了。

一天，骆淑芳下了夜班就出去开会，开了一天会回来也没休息就又上班了。第二天车间里研究生产，她又参加了。

这事别人没有注意到，但丁长久却看在眼里，他心里热辣辣地说不出这是疼还是爱，下了班走出走进地感到不安。

最后，他鼓起勇气找到骆淑芳说："你这样对吗？你不应该不休息啊！"

丁长久嘴里责备着骆淑芳，心里却想："她对工作这么热情，多么叫人爱，却又多么叫人挂心啊！我应该好好向她学习，把工作搞得更好。"

丁长久见工程师有一本"纺织手册"，便借着看了两天，感到对工作帮助很大，自己也想买一本。但他的父亲刚去世，手里没有那么多钱，那书的定价又高，便没有买。

这事不知怎么传到了骆淑芳的耳朵里，她就拿自己舍不得花的钱给丁长久买了一本"纺织手册"。

而丁长久也常听骆淑芳说缺乏领导小组的经验，他便买了一本"怎样当小组长"的书送给骆淑芳。

两个人的文化程度差不多，有了书他们便一块学习研究。

有一次，丁长久患了重感冒，躺在床上，不能上班。

骆淑芳就把平时省吃俭用存下的钱拿出来，给丁长久买了面条、好菜，亲自送到丁长久的床前，劝他吃饭，让他安心养病。

对此，丁长久又是感激，又是高兴。这时，长期藏在他心里的爱慕之情也更加强烈起来。他想："我能娶上骆淑芳这么一个人，一生该有多么幸福啊！"

而骆淑芳又何尝没有同样的想法呢，她虽然嘴里不说，心里却也想着丁长久，爱着丁长久。有时，星期天骆淑芳回家，便约丁长久一起回去。

骆淑芳的母亲是一个思想进步的老太太。她看他们两个人一块回家，便明白了闺女的心事。于是，星期天老太太便做了一桌子好饭菜，等着两个人回家吃。

1951 年 11 月的一天，骆淑芳要到上海去开会。她临走的那天晚上，照例去找丁长久交代小组的工作。

下了夜班以后，两个人走到工厂的后操场上，谈了工作，又谈学习；谈了过去，又谈将来。夜深了，他们还在谈着。

最后，丁长久说："你还有不了解我的地方吗？"

骆淑芳说："没有！"

丁长久又问："咱俩能永远在一块吗？"

"怎么不能。"骆淑芳非常干脆地回答道。这样，两人憋在肚子里的心事，总算是谈开了。

骆淑芳从上海回来后，人们便都知道他们要结婚了。不久，他们便结了婚。

厂里的人都羡慕地说："看人家一对真美！"

两个人结婚以后，更是团结互助，天天督促对方要好好地工作学习。他们在一起进步得很快：骆淑芳不久便被提拔成了织布车间的副主任；而丁长久也成了一名光荣的共产党员。

可以说，在《婚姻法》的召唤下，青年男女已经开始追求自由民主的婚姻与爱情了。

另外，还有一个故事，当时有一位 68 岁的老太太，她的一个儿子是劳动模范，而她的另一个儿子在解放前患病死了，她的丈夫也早早地故去了。解放前，他们过的日子非常清苦。

解放后，老太太的日子过得越来越好，她说："我真没想到，这么些年，我吃尽了苦，却还能看见这么兴旺的一家人，现在有了三个重孙女，是四辈人呀！"

然而，就是这样一家人，面对婚姻问题也还是有一些小波折的。老太太总认为给儿孙们娶媳妇是自己义不容辞的事情，大孙子和二孙子就是家里给订的婚，结婚后他们过得还算不错。

于是，长辈们给老三也包办了一门亲事。他们给找的女方是过去一个地主的女儿，可是老太太的三孙子不喜欢。

但是，老年人有老年人的看法，什么亲友给介绍的呀，面子不好看啊，花了订金要损失啊，反正是不愿意退亲。

老太太的三孙子面对这样的局面，也很为难。这时，新的《婚姻法》出台了，于是他就把《婚姻法》的内容讲给长辈们听，并耐心地说服，和长辈们谈论婚姻自主的好处。

可是，长辈们还是坚持让他去见见面。于是，他就按照老人的意思和那个地主的女儿见了面，而那个女子却提出了坐花轿或坐汽车的要求。

老太太的三孙子便抓住这个条件说："这是封建思想落后的标志，我们不能娶一个思想落后的姑娘进门。"家里的长辈们听后，也都没话可说了。

之后，没有多久，老太太的三孙子便自由恋爱上了，找了一个共青团员，他把那女孩带到家中，长辈们见后，都非常喜欢她。

此外，还有一个故事，则说明在新的《婚姻法》的号召下，夫妻间从不和到相亲相爱的过程。

陈桂英在 21 岁时和李庭珍结了婚，他们在一起过了14 年。14 年来，随着社会翻天覆地的变化，他们夫妻家庭之间也有了新的转变。

他们的婚姻是半包办的，虽说是父母之命，但父母也曾征求过他们的意见。

那时还没有解放，陈桂英嫁到男家后，每天所要做的就是服侍一家老小，在公婆跟前做顺从的儿媳，而同丈夫的感情也很平常，谈不到有什么真正的爱情，他们彼此之间还很不了解。

李庭珍原来在一家私营金店做店员，后来金店关门了，他就失业在家。之后，他又经朋友介绍，到中华火柴厂工作。那时，李庭珍常常因工作不顺心或受了闷气，回家后便闷闷不乐，更为严重时，他竟喝起了酒，一壶两壶下去，竟和陈桂英发起了脾气。

陈桂英不明白丈夫是怎么回事，她的丈夫也什么都不向她说。就这样，他们过着没有感情的生活，渐渐地他们的关系变得坏起来。他们的两个小孩子，一看见爸爸阴郁的脸，就吓得不敢上前，而陈桂英也时常偷偷地掉眼泪，后来她便索性回到娘家去住。陈桂英感到自己一辈子也不会再有好日子过了。

解放后，1950 年，陈桂英的丈夫从中华火柴厂调到了天津市企业公司工作。

这时，李庭珍开始学习政治，每天回家来，总是非常高兴。后来，他们又一起学习《婚姻法》。

有时，陈桂英哄睡了孩子，李庭珍就让陈桂英坐下来，给她讲一讲他在学习方面的一些心得，慢慢地陈桂英也懂得了新社会里的一些新的道理、新的事情、新的家庭婚姻观念。

1951 年，陈桂英参加了街道工作，她听报告，参加会议，学习了很多新东西，长了见识，同时也锻炼了自己为人民服务的能力。

1952 年，李庭珍参加了共产党，他在工作上也更加积极了。他还因为工作做的好而两次获得了奖金。

他的进步鼓励了陈桂英，她觉得自己又年轻了，虽然她已经有了三个孩子，但是，她并没让孩子拖住自己。也就是在这一年，她当选了居民委员会的副主任。之后，她又当选了人民陪审员。每天，家里家外忙得不得了，但她的精神却非常愉快，什么事情对她来说，都是那么新鲜与有意义。

后来，李庭珍又被调到公私合营的永明油漆厂去工作。工厂离家很远，他不能每天回家，基本上一个星期才能回一次家。

他们的几个孩子，现在都盼望他们的爸爸回家，有一个女孩今年才 5 岁，每到吃完晚饭后，便吵着要找爸爸，她总是问道："妈妈，爸爸今天回来吗?"

有一次，陈桂英回答说："不知道。"

小女孩却说："我保证爸爸今天一定回来。"她的话把陈桂英逗乐了。

对此，邻居家的太太也说："你们家老李一回来，屋子里够热闹的，孩子们叫爸爸的声音，大人孩子哈哈笑的声音……"

有时，孩子们都非常困了，可一听到爸爸叫门的声音，就都不想睡了，纷纷盼着爸爸给带来什么好吃的或好玩的。

而作为丈夫的李庭珍，现在他每次回家总是走回来，不舍得花钱坐公共汽车，这样他就可以把省下来的钱给孩子们买水果糖吃。有时，他还让自己的妻子也吃。

陈桂英心里说不出的高兴，可她还是说："让孩子们吃吧。"

可是，李庭珍叹息说："你吃一块吧，平常你又哪肯舍得自己买块糖吃呢？"在这种情况下，陈桂英也只有不驳他的好意，拿一块吃，那甜一直甜到她心里去。

李庭珍每次回家，常常把厂里的生产情况讲给陈桂英听，她虽然有些听不大明白，但也总是愿意听，陈桂英希望从中能够多知道一些关于生产上的知识。

平时，他们的家里用钱方面的事情，她问他，但他总是说："你不要再向我报告了吧！我知道你是不会浪费的，我相信你。"

陈桂英说："夫妇之间是共同生活的，你拿回来的钱我应该向你交代一下。"

有时，陈桂英也把自己在街道上遇到的一些问题提出来和李庭珍讨论，交换意见。

对此，李庭珍常笑着说："你在分析问题上也进步了，再好好努力努力吧！"

他们就这样，常常鼓励着对方，共同进步着。

可以说，是新的社会、新的婚姻家庭观念给了他们一家人幸福，使他们懂得了生活的权利。

可见，新中国《婚姻法》实施以后，崭新的婚姻制度使人们过上了幸福的生活。

《婚姻法》倡导再嫁新风

1950 年 4 月 13 日,《婚姻法》经中央人民政府委员会第七次会议通过,其中《婚姻法》规定:

禁止重婚、纳妾……禁止干涉寡妇婚姻自由。禁止任何人借婚姻关系问题索取财物。

在中国还没有解放之前,妇女没有平等的社会地位,而寡妇尤其受歧视,被逼着为死去的丈夫"守节""从一而终"。

在新中国成立后,尤其是《婚姻法》发布后,旧的封建宗法制度被摧毁了,而且《婚姻法》规定禁止干涉寡妇婚姻自由。

因此,在新中国的大地上出现了冲破封建礼教束缚、追求正当生活的寡妇再嫁新风。这使广大人民,尤其是妇女脱离了苦海,自由自愿地和心爱的人结合了。

比如:宋小华生在一个贫困而偏远的农村,被父母卖给人家当媳妇,收买宋小华的一家人心地善良,尤其是那个老太太,对宋小华十分疼爱。

宋小华见这里比自己的家乡要好得多,于是便答应嫁给那个比她大了将近 20 岁、腿有残疾的男人。

在成亲之后，夫妻之间根本谈不上什么感情，她有苦难言，一忍再忍。

转眼间，10多年过去了，孩子也慢慢大了，宋小华在听到新的《婚姻法》公布之后，再也无法忍受这桩从结婚起就带上悲剧色彩的婚姻，便提出了离婚的要求，而男方坚决不同意。

后来，当地妇联知道了这件事，就到他们家里进行宣传教育，普及《婚姻法》的知识。最后，在妇联的劝说下，他们终于离了婚。

离婚后，男女双方又都自由恋爱，各自找到了各自的幸福生活。

此外，当时报纸上曾有一篇报道，向人们讲述了敢于反抗不幸婚姻，努力冲破封建思想，去寻找幸福生活的故事。

> 晋绥临县六区霍家焉村妇女薛巧花，14岁时，她的父亲因生活逼迫，把她卖给地主王临柞为妻。王是个发育不全的驼背。
>
> 出嫁后，丈夫婆婆把她当牛马一样使唤，除负担家里一切家务外，还要和雇工一起种地。每天丈夫婆婆吃白面，她吃粗炒面、苦菜。
>
> 乡亲们看不过去，劝她的父亲另给她找丈夫，但她的父亲不敢惹地主，就自己去替王家白干活，想以自己的劳动来分担女儿的痛苦和

负担。

土地改革开始后，群众斗争地主，薛巧花也挺起了腰，向代表委员会提出离婚要求，并在斗争大会上倾诉了7年多所受的痛苦。

政府和农会批准了她的要求，从此她脱离了封建地主的压迫。

不久，薛巧花选择了新翻身农民王石贵为对象，两人到政府登记后就结了婚，建立了幸福的新家庭。

可见，《婚姻法》把千年的封建枷锁砸碎了，而那些曾经处于封建婚姻制度压迫与凌辱下的广大妇女，也得到了解放，她们获得了自主选择婚姻对象的权利，从而过上了新生活。

《婚姻法》规定结婚年龄

1950 年 5 月 1 日，公布施行的《婚姻法》对最低的结婚年龄作了规定：

禁止童养媳。
…………
男 20 岁，女 18 岁，始得结婚。

对此，社会学家李超然说：

1950 年的《婚姻法》，对结婚的最低年龄作了规定，这是有着历史性意义的。翻开历史我们可以发现，历代封建王朝和国民党政府，都是提倡早婚的。

比如，后周武帝规定，男子 15，女子 13，为娶嫁之期。

唐朝开元间规定，男 15，女 13 以上，听婚嫁。

清《通令》规定，男 16，女 14 以上，可以娶嫁。

国民党政府《民法·亲属篇·婚姻章》，虽

然形式上规定了"男未满18岁，女未满16岁者，不得结婚"，但实际上对于早婚现象，从未加以制止教育。

因为婚龄低，可以增加丁税的收入，可以增加劳役人员的人数，所以他们提倡早婚，甚至强制早婚。

而广大的人民群众，由于受经济贫困和文化落后的影响和制约，对于早婚的恶劣习俗也熟视无睹。

历史已经证明，早婚不仅对于结婚双方本人的健康有害，而且对于子女的健康和整个民族的发展，都是有害的。

新《婚姻法》将最低婚龄定为男子20岁，女子18岁，是有科学根据的，同时符合当时的国情，最重要的是它体现了党和政府对人民群众切身利益的关注，对国家发展的负责。

可以说，在解放前，由于天灾人祸频繁及浓厚的封建思想影响，许多地方盛行早婚风俗。

当时，关于这方面的报道很多，比如：

西安有个名叫小花的童养媳，17岁时与其12岁的小丈夫"圆房"，当夜，小丈夫还尿炕。一年后，小丈夫病死。她守了6年寡。

解放了，小花提出改嫁，婆家百般刁难，四处造谣，说小花偷汉子，小花为了证明自己清白，上吊自杀了。

再比如：山西省猗氏县城关的高全娃年仅 12 岁就结了婚，结婚的那天，她还在街头和小孩们玩耍，而花轿却已抬到了门前，结果她的父母只好强拉着她上了花轿。

另外，有一些家境好一些的家庭，通常是先廉价地买下贫穷人家的女孩子，留在家中养着，等儿子长大一点，就让他们"圆房"。

可以说，这些封建社会遗留下来的早婚行为，给妇女带来了极大的不幸。

后来，在《婚姻法》发布实施后，人民群众才真正看到了曙光。

当时，在政府的耐心说服和教育下，广大人民开始意识到早婚早育的严重危害，一些地区的早婚现象便开始减少，长期危害未成年子女身心健康的陋俗得到了有效禁止，包办婚姻和买卖婚姻也日渐减少。

比如：有一个女孩子名叫小翠，在她还没有满月的时候，亲生父母就因为家里贫困，不得不把她卖给一户人家做童养媳。

14 年之后，养父母便逼着她和哑巴"大哥"住进了婚房。

小翠不愿意，于是就在当晚，她借去厕所的时机，搬了个凳子，用腰带上吊自杀了。

幸亏养父母发现的及时，把她救了下来。

当地妇联知道了这件事，于是就上门来进行批评教育，给他们讲新公布的《婚姻法》，让他们明白只有具有感情的婚姻才会获得幸福，否则是不会幸福的，并说明他们的这种行为是违反《婚姻法》的，是一种违法行为。

面对妇联，小翠说出了自己的心声："我好渴望能得到自己的幸福，主宰自己的生活。"

后来，在妇联的劝说下，小翠的养父母认小翠为女儿，而小翠也非常孝顺她的养父母。

在小翠长到 22 岁的时候，经人介绍，她结交了一个具有进步思想、热爱劳动的共青团员。

在两个人相处了一年之后，便登记结婚了。

结婚之后，小两口过得非常恩爱。而且，他们对小翠的养父母都非常地好，小翠经常在发工资之后，给二老买一些衣料和食物。在小翠的精心照顾下，她的养父母安度了晚年生活。

可以说，新的《婚姻法》让许许多多幼小的青年男女逃脱了封建思想的残酷命运，从而获得了自主自愿的新生活。

《婚姻法》规定离婚自由

1950年5月1日，公布施行的《婚姻法》对离婚自由作了规定：

> 男女双方自愿离婚的，准予离婚。男女一方坚决要求离婚的，经区人民政府和司法机关调解无效时，亦准予离婚。

可以说，男女婚姻自由，既包含着结婚自由，又包含着离婚自由。

而在中国没有解放之前，包办强迫婚姻是绝对没有自由可言的，那时结婚没有自由，而离婚更是没有自由。

据当时城乡人民法院有关婚姻案件的材料看，离婚自由已经成为一部分感受婚姻痛苦的人们的要求，尤其是妇女的迫切要求。满足妇女离婚自由，就如同满足她们结婚自由一样地迫切。

可以说，这些都是反对封建制度的一种特殊形式的革命表现。

在《婚姻法》实施之初，一些女性还不知如何应对不幸婚姻中出现的一些问题，针对这样的情况，上海妇联便成立了一个服务部，专门帮助妇女解决在婚姻上出现的问题。

下面是一封当时的一个妇女给妇联的来信，其内容为：

亲爱的妇联会大姐们：

我是个女工，今年 21 岁，在旧社会受尽了生活的压迫。我 12 岁时就开始到纺厂做工。我的父亲是个老工人，但思想很封建，不喜欢女孩子，所以我从小就是挨打挨骂的。

我 17 岁的时候，父亲强迫我和一个不认识的人订了婚。对方家里是开纸烟店的。我父亲认为让我嫁一户好人家，将来可以不受苦了。

我对这门婚事是不满意的，但是我不敢违抗父亲的意思。当时我的思想很乱，不晓得对方为人怎么样。我想他家有钱，会看不起我的；有时，我又想等结婚后再瞧罢。

等到婚期定了，我又急又怕，便坚决不肯答应。

父亲就拿出绳子和刀来威逼我，我只好勉强同意了。

婚期一天天地近了，我想想无路可走，便吞金自杀。得救后，并未得到父亲的同情。最后还是在 1952 年和这个不认识的人结了婚。

结婚以后，我们之间毫无感情，甚至难得说话。他对别人有说有笑，一见我脸就沉下来了，他母亲也说我不会做人，有福不会享。

我在家里，不是挨婆婆骂，就是看丈夫的脸色。我处在这种情况下，日子实在难过，人一天比一天瘦，生产也没有劲了，生产任务总是完不成。厂里有什么活动，我也没心思参加。大家对我都不满意，时常对我提出批评。

但是，我不敢讲出我的痛苦来。我想，别人都解放了，就是我没有解放，我怎样才能解除这种痛苦，真正解放自己呢？

妇联大姐们，我知道你们会同情我的，我现在怎么办好呢？我如果提出离婚，他们不答应怎么办？

我要求你们给我支持，迫切盼望你们的回信，告诉我一些办法。

敬祝您们

工作顺利！

李宝娣上

1955 年 1 月 5 日

上海妇联接到她的信后，便马上给她写了回信，在信中告诉她应该如何处理婚姻上的事情。

信中这样写道：

宝娣同志：

你的来信已经收到，为了进一步了解你的婚姻情况，我们向你所属的工会及你所在的地区进行了了解。现根据我们了解到的情况，答复如下：

我们认为你是在第三者包办强迫下结婚的。我们很同情你。你父亲的这种做法，是违反《婚姻法》的规定的。这种封建包办婚姻，在旧社会里不知断送了多少人的幸福，葬送了多少人的生命。

这种情况，在新社会里是绝对不容许它继续存在的。《婚姻法》第三条还规定："结婚须男女双方本人完全自愿，不许任何一方对他方加以强迫或任何第三者加以干涉。"这就给一切争取婚姻自由的人们以法律的保障。

照《婚姻法》规定，子女有权决定自己的婚姻问题。他们也可以征求父母和他人的意见，不过最后的决定还是在自己。

另外，《婚姻法》是废除包办强迫婚姻的，这说明在《婚姻法》公布以后，包办强迫婚姻是不允许了。

根据我们的了解，你们夫妻之间确实没有一点感情，要共同生活下去，对双方都是痛苦

共和国故事·妇女新生

的事。所以你提出离婚是合乎情理的，只要你能坚强起来向封建的包办婚姻作斗争，胜利是属于你的。

这里，我们要向你指出：当初你对待自己婚姻问题的态度是不正确的，因为这事是发生在《婚姻法》颁布以后，当时你既不满意这样的包办婚姻，你就应该将你的情况向你所居住地区的基层妇联组织去反映，因为妇联是保护妇女权利的；或者你可以向法院起诉，法院也会根据《婚姻法》让你得到婚姻自由的。

但你只是消极的不满，而没有进行积极的斗争。自杀更是错误的行为，这说明你在这件事面前的软弱无力。人们生活着是有一定目的的，随随便便结束自己的生命是不应该的。

作为工人阶级的一员，作为新中国的妇女，你应该坚强起来，砸碎束缚自己的封建枷锁，积极地参加到祖国的社会主义建设事业中去，争取自己美好幸福的生活。

解决这个问题的办法：首先你可以同男方单独进行协商，如果你们能够协议离婚，就一起到你们所住地区的人民委员会去登记，办理离婚手续。如果男方不同意离婚，你可以到所住地区人民法院起诉，提出离婚要求。

我们也会把你的情况向法院反映。如你还

有其他困难，可以随时与我们联系。

　　此致

　　　　敬礼

　　　　上海市民主妇女联合会服务部启

　　　　　　　1955 年 1 月 10 日

　　后来，李宝娣在妇联的帮助下同丈夫离了婚，结束了这段没有爱情的婚姻。离婚后，她在热心人的关心下，认识了一个勤劳朴实的工人，两个人结婚后，生活过得非常美满和顺。

　　可以说，正是因为新《婚姻法》有了离婚自由这条规定，才使得广大妇女从不幸的婚姻家庭中解放出来，从而获得了自主的权利与新的生活。

《婚姻法》实施后的夫妻新生活

1950 年 5 月 1 日，公布施行的《婚姻法》规定了夫妻之间的权利与义务，其条文为：

夫妻为共同生活的伴侣，在家庭中地位平等。

…………

夫妻有互爱互敬、互相帮助、互相扶养、和睦团结、劳动生产、抚育子女，为家庭幸福和新社会建设而共同奋斗的义务。

关于这一点，在《婚姻法》公布实施后，曾经遇到了一些困难和曲折。

对此，我们可以从下面的信件中了解到当时的真实情况。

市妇联的大姐们：

我是一个很不幸的人，解放后我们妇女是翻身了，但是我在家里却还受着不平等的待遇。

我是一个小学教师，我的丈夫是医生，我们是在经过半年恋爱后，彼此都相当了解，志

趣相投的情况下结婚的。

婚后不久，他就一天天地摆出丈夫架子来了，每天回家，他可以休息，而我却要处处侍候他，听他使唤。他要我替他端茶、添饭，日常相处时也要以他的意见为主，他想怎样就怎样，一点也没有商量的余地。因此我们夫妻之间没有平等地位，只是主仆关系。

有一次，一个朋友来访，大家在谈话，我也插了一句，他竟说："去你的，谁要你插嘴。"

他在朋友面前这样对我说话，在平时更是想骂就骂，毫不留情，甚至还打过我两次。

我是个经济独立的妇女，但我个人的劳动所得全部要交给我的丈夫。在家庭开支方面，我是没有支配权的，完全由他来掌握。

我的工作很忙，总希望回家后得到好好的休息，消除一天的疲劳，但一看到他那冷冰冰的面孔，我就会全身发抖，担心他又要找什么借口来折磨我。

这实在是我精神上沉重的负担，我甚至想毁灭自己来求得解脱。

由于我很爱他，并且他也曾爱过我，所以4年来，我一直委曲求全，希望他有一天能够明白自己的错误，回心转意，使我们能有一个幸福的家庭。

我希望你们能找我丈夫谈谈，不过请千万不要对他说是我把这情况告诉你们的，恐怕他知道后会更加对我不好。也请你们不要让他所在的医院方面知道，因为他是一个爱面子的人。

　　你们是否能给我帮助，请给我一个回音。

此致

敬礼

刘美娟

1955 年 2 月 7 日

　　上海市民主妇女联合会服务部收到刘美娟的来信后，便立即给她写了回信，指出了问题所在，全文如下：

美娟同志：

　　从你的来信看，我们很能体会到像这样的家庭给了你多大的痛苦。我们愿意向你指出造成这痛苦的原因，帮助你端正对待这个问题的态度，使你能早日解除痛苦，重建和睦幸福的家庭。

　　我们以为造成你们家庭不和睦的主要原因是由于你丈夫有严重的封建夫权思想。他以为自己在家庭中的地位是该高人一等的。在男尊女卑的思想指导下，他轻视自己的妻子，因而在你们的家庭里男女是不平等的。

《婚姻法》第七条写着："夫妻为共同生活的伴侣，在家庭中地位平等。"我们的国家在法律上规定了妇女在各方面有平等的权利。但由于某些人的封建残余思想还没有全部肃清，因而在行动上、在处理问题上还会暴露出他的思想本质，不能做到真正的男女平等。

而你，为了使丈夫回心转意，以为对"丈夫架子"是应该忍受一些的。这种委曲求全，无原则的迁就，不但助长了他夫权思想的发展，而且更加深了家庭成员间的痛苦。

你应该认识到，今天我们妇女有独立的人格，国家给了我们平等的权利，你就应该珍惜它，并很好地运用。

为了家庭的幸福，你应该坚决地向你丈夫的封建夫权思想展开斗争。正因为你爱他，你就不应该迁就他的错误和缺点。

夫妻间的真正的爱情是应该建立在男女平等、思想一致的基础上的，忍气吞声、委曲求全是不会使爱情巩固的。

为了帮助你丈夫提高认识，改正错误，你还应该运用各方面的力量，特别是他所属工会组织的力量。你应该把他在家里的行为，向工会反映，使组织对他有全面的了解，然后对他进行有效的教育。

你的各种顾虑，只说明了你的软弱，你的缺乏斗争的勇气，因此你必须很快地纠正这些缺点。要知道新中国的妇女是有高尚的生活目的的。我们生活着，主要是为了把自己的能力贡献给祖国的社会主义建设事业。如果为了家庭纠纷而想毁灭自己，这是极端错误的。

其实，只要你能正确对待，你丈夫的态度是有可能改变的。你们两人的关系也是完全有可能改善的。

我们相信在伟大的社会主义建设事业中，人们的觉悟会不断提高，思想也会不断得到改造，你们的家庭一定会成为一个美满幸福的新家庭。

此致

敬礼

上海市民主妇女联合会服务部启

1955 年 2 月 14 日

后来，在当地妇联和工会的批评与教育下，刘美娟的丈夫开始认识到自己的错误，并努力改正自己的封建思想。最终，他们过上了夫妻相敬如宾的幸福日子。

此外，在 1955 年 6 月，也发生了一个夫妻闹矛盾的故事。而后，夫妻一起学习了《婚姻法》，渐渐懂得了互相尊重、平等对待的新型夫妻关系。

　　故事是这样的，川真和秀兰这两口子，一个脾气暴，一个性格怪，结婚以后常闹别扭。有一句话说不对，川真就会大嚷大闹，而秀兰也不让他。

　　他们身边的人也曾多次劝说他们，在劝说之后也会好一阵子，但是没有彻底解决问题，过一段时间就又恢复原状了。

　　一次，川真忽然发脾气和秀兰打了一架。那次川真有些不舒服，下班回来想喝点稀饭，可是秀兰并不知道丈夫的想法，只是把中午的饭菜给他热好摆在桌上，川真看到后不愿意吃。

　　秀兰认为自己也很辛苦，丈夫不该对饭菜挑挑拣拣的，于是就说了一句："这样的饭菜还不爱吃，要在过去吃窝头也没有，爱吃不吃。"于是，两个人就吵了起来。

　　后来，川真二哥回来说了他，川真也觉得自己有错，不该一句话没说好就吵架。

　　川真的二哥又说："夫妻之间应该互敬互爱，总吵架，不但你俩痛苦，全家人都不好受。再说，咱们是模范家庭，是大家学习的榜样，如果我们家里总有人吵架，让人家向我们学习什么呢！"这话说得秀兰也觉得自己做得不对。

　　这件事发生以后，大家就劝秀兰参加街道工作。秀兰在参加街道工作后，也慢慢地懂得了很多道理，心想："他在外面劳动一天，回家来我也不给个笑脸，也不照顾他吃喝，是不合适的。再说，他的脾气上来，我让一让他，过后再给他讲道理，不就省得吵架了吗?"

于是，在一次家庭会议上，全家人动员川真和秀兰去学习一下《婚姻法》。

果然，在他们学习了《婚姻法》后，对过去吵架的事，都作了检讨，并提出保证今后不再吵架。

从那以后，两口子真的改变了态度，川真下班回来，秀兰就忙着把做出的热饭热菜盛给丈夫吃，照顾他高高兴兴地吃完走了，再干别的活。

而晚上，秀兰去参加一个学习小组，川真也一改过去不管不顾的态度，变得又接又送。

就这样，两口子的感情是越来越好，还一起出去看电影、照相片，过得恩爱得不得了。

街坊邻居看见川真和秀兰的那份亲热样，都说："小夫妻的感情多好啊! 真不愧是一个模范家庭。"

可见，新时代的婚姻关系是建立在平等、互助、相互关爱的基础上的，只有这样才能拥有一个和睦幸福的家庭。

《婚姻法》贯彻后的婆媳新关系

1951 年 9 月，在中央人民政府政务院发布的《关于检查〈婚姻法〉执行情况的指示》中说到，关于家庭虐待普遍存在的情况：

> 据不完全的统计，各地妇女因婚姻不能自主受家庭虐待而自杀或被杀的，一年来中南区有 1 万多人，山东省有 1245 人，苏北淮阴专区 9 个县在 1950 年 5 月到 8 月间有 119 人。
>
> 这些数字必须引起各级人民政府严重的警惕。各级人民政府对此严重情形绝对不应容忍。

20 世纪 50 年代初，《中国妇女》杂志上曾有一篇通讯，描绘了河南鲁山县余庄乡实施《婚姻法》前后的婆媳关系：

> 过去一些家庭，丈夫打骂妻子、婆婆虐待媳妇是常事，妇女在家庭中没有一点经济权，连买根针都不敢做主。
>
> 现在不同了，民主平等代替了夫权和封建家庭统治，家庭里购买农具、添置衣服都互相

商量，妇女离婚和女儿出嫁都可以随带自己的一份土地。

虐待和打骂被认为是非法可耻的事情。盆窑村84户中，没有一户争吵的。

媳妇要开会时，婆婆抢着刷洗锅碗。女孩子参加村剧团活动，父母骄傲地说："俺闺女是演员呢！"

对此，妇联和政府积极开展了教育与宣传活动，使广大群众认识到虐待行为不仅是一种错误的行为，而且还是违反法律的行为，在家庭中只有和睦相处，才能过上幸福美满的生活。

解放之后，在《婚姻法》实施前后，有这样的一个故事，讲述了婆媳关系从不好到和睦的转变过程。

在天津四区大直沽，住着一户姓赵的人家，这家的婆媳谁都知道，娘俩三天两头吵架拌嘴。赵大爷是棉纺二厂的拎煤工，大儿子也是棉纺一厂的工人，因为婆媳俩总是吵架，闹得父子两个也没精神工作。

其实，在解放前赵家也是非常贫苦的。父子两个在外边做工，也只能勉强混个半饱。

解放后，父子两个的工资增加了，日子也比过去好多了，这样的日子，赵大娘非常心满意足。于是，她就忙着托人给大儿子赵培才介绍了个对象，名字叫马德珍。

两人认识后，互相很满意，便于1950年结了婚。媳妇刚嫁过来，娘俩碍于情面，好了些日子，但没过多久，就起了风波。

赵大娘脑筋旧，受封建思想影响，认为自己当了婆婆也是熬出来的，总想着把媳妇"降服"住，一不如意，就叨叨，儿媳妇年轻脾气急，嫌婆婆嘴碎，因此感情愈来愈坏，互相猜疑，你看我不顺心，我看你不如意。

其实，吵架也都是为了一些小事。比如，儿媳妇放东西的声音大一点，婆婆就说："你又使疯啦！又摔打我啦！"儿媳妇一争辩，就又是一场架。

婆婆和邻居老大娘在一起说闲话，儿媳妇就说："你们又品评我啦！我又怎么不好啦？"婆婆一回说，就又是一场架。

儿媳妇跟婆婆闹了别扭，就打孩子来撒气，奶奶心疼孙子，就接着又为孩子吵起来。婆媳吵完架，媳妇躺在炕上哭着不起来，婆婆气得要死要活，也常常一个人坐着哭。

父子俩下班回来，常常是饭也没熟，水也没热。赵大爷本来身子骨就不好，再加上家里总吵，心里别扭，因此常常生病。

赵培才从小就孝顺母亲，下班回家看到母亲在屋里生气，就很心疼，再到自己屋里，媳妇又唠叨"你娘这""你娘那"，劝劝媳妇吧，马德珍就说丈夫偏向娘，甚至两人又吵一顿，结果使赵培才左右为难。有时，赵培才上夜班，白天在家休息不好，上班时就搞不好生产。因此，他的生产量总是忽高忽低。

于是，培才有时也想，娘俩合不来，这样过下去也没意思，不如就和德珍离婚吧。可是，当他和娘一商量，娘不同意，说道："离婚多难看，传出去都是因为婆婆，让儿子媳妇离婚，我宁可让她把我气死，也不能让你们离婚！"

德珍知道了这事，也坚决不答应。再说，小两口的感情也没什么不好。

1953 年初，有一次又因为德珍打了孩子，奶奶心疼，就打了儿媳妇，儿媳妇回过头就咬了婆婆一口，最后两人闹到街公所。

街公所的同志批评了她们，并对她们进行了家庭民主和睦的教育，还给她们讲了家庭不和对生产的影响。

经过这次，婆媳的关系稍微好了一些。培才也常常给她们讲道理，告诉她们家庭关系搞不好，生产时注意力就不集中，脑子一走神就容易出事故，不但给国家造成损失，工人自己也可能受伤。

而对德珍教育最深的，是在 1953 年贯彻《婚姻法》运动时，同院的顾大爷家被评为模范家庭，在大会上受了表扬，还带上了光荣花。

德珍参加了这个大会，在回家的路上就想："人家多光荣啊，怎么人家就能搞好家庭关系呢？我过去真不应该，经常不做饭、不烧水，让家里人上班回来吃不上、喝不上。"

回到家里，媳妇一进门就叫了一声娘，还把开会的情形给婆婆讲了一遍。

赵大娘经过这些日子《婚姻法》的宣传，再加上街坊邻居的劝解，心里也有些活动了，现在听了德珍介绍开会的情形，更觉得自己过去对媳妇不大好，因此两个人都愿意改善婆媳关系。

但是，问题不是一天两天就能解决的，没过几天，婆婆又开始唠叨，媳妇还是不让。但由于婆媳都开始懂得日子过不好会影响工作生产，所以吵完架后，婆媳就互相嘱咐说："咱们谁也别告诉男人。"

因此，父子两个下班回家后，也没人跟他们唠叨了，他们在生产上也有精力钻研技术了，于是生产质量也提高了，经常得奖金，全家人看着都挺高兴。

为了彻底地解决家里的问题，全家决定开一次家庭会议，在会议上赵大爷和培才都说，一个好的家庭关系对生产的帮助是非常大的，培才更用自己的亲身体会教育了婆媳两个，她们听后很受感动，于是婆媳俩都承认了错误。

赵大娘说："全怪我爱唠叨，说话态度不好，今后有意见一定好好说。"

德珍说："我爱多心，爱拿孩子撒气，今后也得改。"

开了家庭会议后，憋在肚子里的话都说出来了，一家人心里都非常高兴。经全家人商量，决定以后每隔一两个星期就开一次会。

经过几次家庭会议后，婆媳两个的关系渐渐好转了，一家人都非常高兴。

有一次，赵大娘生病了，德珍很关心，用自己的零花钱给婆婆买鱼、包子，每天早早起来给婆婆做稀汤稀饭吃，这使婆婆心里很感动。

又有一次，德珍的手烫了，婆婆就催着她去医院，从医院回来，婆婆便扶着媳妇的胳膊问长问短，德珍听后心里也热乎乎的。

后来，德珍又怀孕了，非常爱吃酸的，婆婆就经常买一些葡萄、红果给德珍送到屋里。

婆媳关系好了，赵大爷也高兴了，下班回来总是抱着孙子出去玩，公休的日子帮着做清洁卫生，天冷了就把家里的窗户糊一下。

培才看到婆媳关系和睦了，在生产上也开始积极地钻研技术了。1955 年，每个月他都能超额完成任务，因此被评为市级劳动模范。

1956 年，他又参加了全国先进生产者会议，并到各地去交流经验。在他出差时，他就把在外面的情况写信告诉母亲和爱人，信中还告诉赵大娘多注意身体，嘱咐德珍照顾好妈妈和孩子。

这一天，区人民委员会和街道上的妇女会组织了报喜队，给先进生产者的家属报喜，当报喜队来到赵家时，赵大娘乐得连嘴都闭不上了。

当时，赵大娘就向大家保证："今后一定要看好孩子，让德珍去参加文化学习，争取做更多的街道工作。"

而德珍已经是街道妇女小组的代表，工作非常积极。

这个原来经常吵架的家庭，现在再也听不到吵架和拌嘴的声音了。

街坊邻居们都说："赵家的婆媳俩真像换了个人。"

此外，还有一个故事，充分说明了《婚姻法》实施后，对于新型婆媳关系的宣传，使家庭变得和睦美满。

许文起是一个非常好的小伙子。解放前，他的父亲以沿街卖针线为业，母亲料理家务，并做一些手工活补助家用。

解放后，也就是1949年，许文起到工厂当了一名工人，在工厂里他认识了和他同岁的女工鲍淑云。

鲍淑云父亲死的早，母亲在解放前给人帮佣，她12岁就进工厂做工，担负妹妹的一部分生活费用，解放后她进步很快，1952年还加入了新民主主义青年团。

许文起参加工作的初期，在工作上还是非常生疏的，鲍淑云和他在一个车间，看见他工作有困难，就帮助他学技术。这使得许文起在工作上提高得比较快，1951年就被评为6级工，他在党和工会的教育以及鲍淑云的帮助下，政治上也逐渐进步，并担任了工会的宣传员，并且正在申请入团。

而鲍淑云文化水平较低，许文起就帮助她学文化，后来鲍淑云能读简单的书报、杂志，也能写简单的信了。

这一对青年男女在工作上、学习上互相帮助鼓励，不知不觉地培养起了深厚的感情，他们互相都感到谁也离不开谁了。

鲍淑云爱许文起工作积极、技术提高得快、学习努力；许文起爱鲍淑云是一个具有 9 年工龄的工人，老实、团结他人、帮助人，又是一个青年团员。

到了 1950 年，许文起就把他们相互爱慕的事情告诉了他的爸妈。

他说道："我和鲍淑云不是认识一天两天了，长期在一块工作，都摸清了性情脾气。"

鲍淑云有时也到许文起家去玩，时间长了，便和许文起的父母建立起了感情。

老两口看到鲍淑云的确是个老实、温柔的好姑娘，他们便同意了儿子的选择，并且也非常喜爱这个女孩。

于是，许文起和鲍淑云在自由恋爱后，于 1954 年 5 月结了婚。婚后小两口的日子过得和和气气，而他们在工作上也进步得更快了。

鲍淑云帮助许文起积极加入共青团，许文起也常把自己小组中的先进经验告诉淑云。公公、婆婆和媳妇之间也相处得非常好，老两口疼爱儿子，也同样疼爱媳妇。

平时，小夫妻上班，中午不在家吃饭，老两口就吃得简单些，到晚上儿子和媳妇回来了，就做桌好饭，并加个肉菜和汤等。

公公常对婆婆说："他们两个在车间劳动一天，又紧张，又劳累，咱们就得注意他们的身体，让他们吃得好一些，身体才能跟得上。"

而且，每到星期天或假期，婆婆就会早早地起来给小两口弄吃的，她想到他们平日都起得早，休息日就应该多睡一会儿。

街坊看到他们一家人感情这么好，都非常羡慕地说："像许大娘把家操持得这么井井有条，又这么体贴儿媳，这就是走好总路线，让儿子、媳妇安心工作，对国家就有好处啊！我们也得像他们似的，过个不吵不闹的美满日子，好快点奔向社会主义。"

但是，也有其他做婆婆的看不惯，便讽刺许文起的妈妈说："你给媳妇干活，真把婆婆的行市都卖倒了。"

文起的母亲并不听这些，她反而不高兴地说："我过去15岁结婚，到了许家就受婆婆的气，那是封建社会，媳妇就得忍着。现在我不能再把我受的气转给媳妇。人家姑娘也是人，也是好不容易拉扯大的。再说媳妇一天起早睡晚，走星星，陪月亮，也不容易。我在家也没什么事，能够劳动，为什么不帮着劳动呢？我能看着她累了一天，还洗这个弄那个吗？我对儿子是这样，对媳妇也要这样，我多帮助他们一些，也让他们在外面安心工作啊。"

有时，婆婆还听到一些挑拨的话："你现在这么侍候儿子和媳妇，等你老了不能干了，人家可不愿意了！"

许文起的母亲一听，就气哼哼地说："到我老了，也就到了社会主义社会了，那时工人的生活比现在更好哩!"

公公也在旁劝婆婆说道:"孩子是咱们的,这好日子也是咱们的,你可别听那些闲话啊!"因此,公公和婆婆待鲍淑云真的像亲闺女一样。

不久,鲍淑云怀孕了,全家都高兴得不得了。公公常催婆婆要媳妇去检查一下,婆婆见媳妇吃不下东西,就很担心媳妇的身体,想到自己做媳妇怀孕害口时,想吃什么都吃不到,那份难受劲就甭提了。所以婆婆总是琢磨着给媳妇做什么吃,婆婆看见媳妇不喜欢吃米饭,就给她做面食,等到淑云能吃米饭时,才煮饭给她吃。

婆婆常对媳妇说:"怀孕时想吃什么,就吃什么,可别亏了嘴。"同时,婆婆还买了一些海棠、山里红放在淑云的屋子里。

而淑云也非常体贴婆婆,回到家里总是抢着干活。每个月发的工资,除了给娘家妹妹的生活费和自己的中午饭费、车费、零花外,余下的钱便都交给婆婆家用。有时,她下班回家,还捎一些公婆爱吃的东西回来。

但是,鲍淑云是计件工资,有时遇到工资少时,婆婆便主动不要她拿钱回家,并说:"应该先照顾你娘家妹妹,她就仗着你呢!咱家里还有你爹和文起,这个月你没有挣多少钱,不用给家啦!留下你自己零花吧!咱们大伙节省着就行了。"

而且,他们全家用钱也是非常民主和有计划的,添置东西时全家人一起商量。冬天到了,全家要添棉衣,婆婆就主动提出把上半月收入买粮食，下半月的一部分收入存下来陆续添棉衣。

最近，婆婆又张罗着给鲍淑云准备坐月子的红糖、小米和小孩子的衣服、棉褥等，不让儿媳操一点心。

总之，他们全家在新《婚姻法》的号召下，做到了民主和睦、共同努力、互敬互爱。因此，家庭生活非常美满幸福，工作也很愉快。

公公也常鼓励他们说："你们工作得好，进步得快，我们在外劳动也是高兴的。"

鲍淑云也常向街坊们说："婆婆体贴我们在外面劳动，把家务事做得周周到到的，什么也不让我们操心，对待我就像亲闺女一样。有了这样的美满家庭，到了工厂可塌心啦！我就可以把心思全放在钻研技术和搞生产上了。"

街坊们也都羡慕地说："许文起的家庭真算得上是民主和睦的新家庭。"

另外，还有一个故事，也讲了一个在《婚姻法》公布后婆媳关系和睦的幸福家庭。

王秀芳和贾宁富都是棉纺一厂的工人，他们曾经都是饱受旧社会压榨的苦孩子。

1950 年，他们在工作中相识了，由于经常互相鼓励、关心彼此的进步而产生了爱情。

秀芳是一个青年团员，宁富在秀芳的鼓励与帮助下也入团了，到了 1952 年秀芳又入了党。

宁富的母亲在旧社会受了很多苦，是共产党使她脱离了苦日子。所以，宁富的母亲总是积极地鼓励自己的儿子向秀芳学习。

秀芳和宁富要好已经两年多了，秀芳经常到宁富家去玩，她不但深深地爱着宁富，而且和宁富的母亲、弟弟的关系也都非常融洽。

秀芳非常愿意和宁富结婚，希望能够永远成为这个家庭中的成员之一。

但是，她也有自己的顾虑。她家里有年老的爷爷、奶奶和妈妈，另外还有哥哥、嫂子、弟弟、妹妹、侄子、侄女一大帮人，她从 12 岁就进工厂做工，哥哥和她两个人一同担负着全家人的生活费用。

秀芳想："如果结了婚，是否还能继续供养娘家呢？如果不能，家里的生活又怎么办呢？"

其实，秀芳也知道每个人都有支配自己经济的权利，但目前女工结婚后，因工资的分配问题引起纠纷的事非常多，如果因为工资问题影响了家庭夫妻之间的感情，又该怎么办呢？

这些思想不断地在秀芳的脑子里纠缠，再加上秀芳的妈妈看到有的女工结婚后不再供养父母的时候，就和秀芳念叨说："你再等两年吧！等你弟弟有了工作再结婚。"

这一切都使秀芳没有勇气答应宁富提出的结婚请求。

有一天，秀芳又到宁富家去玩。晚饭后，两人一同去散步，这时宁富又提出结婚的请求，秀芳只好把自己的顾虑和他谈了。

宁富听后，肯定地说："你不必有这样的顾虑，你的家就等于我的家，你家有困难就如同我家有困难一样。结婚后你仍旧把钱拿回去，再有困难我还可以帮助解决。你放心吧，决不能让一家富裕，一家困难。我母亲的思想也不太旧，她也一定会同意我的看法的。"

秀芳听了宁富的话，非常感动，她便害羞地紧紧握着宁富的手，以此来表示同意结婚。

天很晚了，宁富回到家里把这件事告诉了母亲，他的母亲想到自己过去带着三个孩子要饭吃的苦日子，心里也难过起来，如今自己的日子好了，当然也希望别人也有好日子过。再说，闺女和儿子一样，都应该供养父母，自己的闺女如果能赚钱，还不是也希望让闺女照顾照顾自己吗？所以，宁富的母亲就一口答应了下来。

1953年的春天，秀芳和宁富结了婚。婚后，头几个月发下来的工资，婆婆便让秀芳都给娘家送去，并且还在宁富的工资里拿出几块钱给秀芳零花。

这使得秀芳的母亲心里很过意不去，再三地对女婿说："用不了这么多，你们留些花吧！"

后来，秀芳的妹妹也做了学徒工，于是秀芳就从工资中把自己的饭费、零花钱留下，另外再给婆婆几块钱，剩下的三四十元钱便全部给娘家了。

每月发工资后，秀芳总是因为工作忙，没时间给母亲把钱送去，宁富的母亲怕亲家等着钱用，所以就催宁富赶快送去，有时甚至还自己给送去。

宁富是工会的干部，上白班，他为了使秀芳安心工作，就经常到秀芳的家里去看看，因此秀芳的母亲也常常嘱咐女儿要好好孝敬婆婆。

秀芳的身体比较瘦弱，宁富的母亲就非常关心她的健康，总是想法子叫她吃得好点，吃得多点，把身体保养好。

后来，秀芳生了孩子以后，孩子一直由婆婆照看着，无论刮风下雨，婆婆总是按时抱孩子到厂里让秀芳喂奶。

同时，婆婆对秀芳的进步也很关心，她不但关心秀芳的工作，而且还支持媳妇学习文化。

秀芳虽然有了孩子，但从来没有因为孩子而影响了工作和学习，这都是和婆婆的积极支持分不开的。

秀芳对婆婆也是非常地关心和体贴。她常带着婆婆到百货公司去买东西，或者到文化宫去玩，有时她还给婆婆买件好衣料。

这使得婆婆高兴得逢人便说："我的儿媳可真好！"

但是，婆婆也有缺点，比如她心胸比较狭隘，常为一点小事就心里想不开。

对此，宁富和秀芳就常在一旁帮助母亲，劝解母亲，解除母亲多余的顾虑，在儿子和媳妇的帮助下，老人家不但心胸开阔了，并且还担任了家属委员会的小组长。

秀芳有了这样一个幸福的家庭，精神很愉快，一谈到家庭生活，她就高兴地说："过去我总怕结了婚，增加了家里的负担，妨碍我的进步。现在看起来，只要家庭关系搞得好，幸福的家庭不但不会阻碍自己的进步，反而能够促使自己在工作上、学习上更努力。这样和睦的家庭，使我没有任何可以牵挂的事，在工作上我就能更专心地工作，在学习上我就能更集中精神学习，当我带孩子时就轻松地和孩子一起开心地玩。"

就这样，秀芳由工人升到了副工长，之后又提升为代理值班长。

可见，幸福的家庭，就是这样建立在共同劳动、共同进步、互相帮助、互相鼓励、互相体贴关心的基础上的。

可以说，《婚姻法》的公布与实施，使家庭变得和睦，婆媳关系也更为和美。

本书主要参考资料

《国史全鉴》本书编委会编 团结出版社

《共和国五十年珍贵档案》中央档案馆编 中国档案
　出版社

《中国现代史资料选辑》彭明主编 中国人民大学出
　版社

《婚姻法及其有关文件》中央法制委员会编 人民出
　版社

《中国妇女运动史》中华全国妇女联合会编 春秋出
　版社

《中国婚姻家庭史》祝瑞开主编 学林出版社

《婚姻法修改论争》李银河 马忆南著 光明日报出
　版社

《罗琼文集》罗琼著 中国妇女出版社

《罗琼访谈录》段永强编著 中国妇女出版社

《我与〈婚姻法〉》巫昌祯著 法律出版社

《婚姻中国》刘新平著 中国工人出版社

《天下婚姻》黄传会著 文汇出版社